SOMMAIRE

Nouvelles inédites

2 - ***Alain Leygonie*** > *Yovo, yovo, bonsoir !*
Ça va bien, merci...

17- ***Dominique La***

25- ***Sylvie Cavilli***

37- ***Marie-José L***

45- ***Brice Gautier***

51- ***Christophe Varlet*** > *Mission d'exploration*

64- ***Jean-Yves Robichon*** > *L'ange de Memling*

71- ***Rose Tacvorian*** > *Le silence*

78- ***Dominique Carron*** > *Gino*

85- ***Julie Boudillon*** > *Le travail*

89- ***Marie-France Fournié*** > *Mes belles de mai*

112-***Mireille Diaz-Florian*** > *Les lentilles d'eau*

123- ***Les écrivains que vous avez lus***

Relire

128- Fanny Clar *par* ***Éric Dussert***

131- ***Fanny Clar*** > L'horloger qui écouta les horloges

136- ***Pas de roman, bonne nouvelle !***

ENTRE CHAT ET LOUP - **Philippe Veyrunes**
PETIT FRÈRE - **François Emmanuel**
MÊME PAS PEUR- **Brice Gautier**
FRESQUE ET MOSAÏQUE - **Xavier Bazot**
L'ÉTERNEL FIGURANT - **Raymond Penblanc**
CHASSER LES TEMPÊTES -**Robert Piccamiglio**
ANAMNÈSES - **Philippe Milbergue**
MINOUCHE - **Patrick Da Silva**
VOYAGE À ARRAS -**Jean Anthelme Brillat-Savarin**
LE TOUR DU LAC - **Christian Degoutte**
ZÈBRES - **Anne-Laure Bonvalot**

Publié avec le concours du Centre national du livre

Yovo, yovo, bonsoir ! Ça va bien, merci...

Alain Leygonie

C'est l'Afrique qui m'a guéri d'une incurable sédentarité et d'une foi aveugle dans la science. On croit voyager en Europe, on ne fait guère que changer d'heure et changer de langue. Le siècle est partout, la variété des paysages passe au second plan. Pour se dépayser vraiment, voyager à la fois dans l'espace et dans le temps, rien de tel que l'Afrique – l'Afrique noire, le continent où l'animal se fit homme, le pays de la magie.

Je garde un souvenir impérissable d'une villégiature de quelques jours à Agomé-Séva, un village perdu à la frontière du Bénin et du Togo où nous avait introduit Sylvain, un Togolais ayant travaillé en France, vécu à Paris (une ville qu'il imaginait toute blanche et dont la noirceur le déçut), aujourd'hui conducteur de travaux à Lomé, habitué au confort moderne, mais tout heureux de nous faire découvrir le village d'où il est sorti, le pays de ses ancêtres. Pays de ses ancêtres et pays de la magie, notez bien. Pardonnez-moi si j'insiste.

J'ai de bonnes raisons d'insister ; quelques conversations avec des autochtones m'ayant convaincu du pouvoir prodigieux des sorciers africains (ils démasquent les voleurs, rendent les chasseurs invisibles, font disparaître des gens), je quittai Lomé à demi-rassuré, craignant qu'à la moindre faute, la moindre entorse aux croyances, aux coutumes locales – Dieu sait si elles sont nombreuses, vivaces, différentes des nôtres, pas faciles à identifier – le sorcier du village s'en prenne à l'un d'entre nous, pas forcément le fautif.

Nous sommes trois Blancs dans la 404 Peugeot pilotée par Sylvain. Alice, ma compagne, Christian, un ami psychologue, disciple de Konrad Lorenz et de Jacques Lacan, amoureux de l'Afrique, grand connaisseur des animaux et moi-même, sédentaire endurci, dépaysé à un point qu'on n'imagine pas. Les paysages, la végétation, les oiseaux, les lentes processions de femmes multicolores, en marche de bon matin, au bord des pistes, leurs marchandises sur la tête, en route vers quelque marché ; les marchés, les moyens de transport, les dialectes, les couleurs, les odeurs et les sons, tout m'étonne, m'inqiète et à la longue tout me ravit.

La plus exposée, en cas d'entorse aux us et coutumes, me semblait être Alice, dont la beauté et la blondeur excitaient la curiosité et la convoitise, partout où nous passions.

Nous venons de quitter le goudron, nous roulons sur une piste longeant le Mono en crue, à la vitesse de son flot impétueux. Tandis que la voiture bringuebale sur la piste, je ressasse le troublant récit que Sylvain m'a fait la veille. Autrefois – un autrefois assez récent, toujours présent dans les esprits –, dans un village proche d'Agomé-Séva, appelé à intervenir dans une querelle de famille, le sorcier avait fait disparaître un enfant par un tour de passe-passe dont ces gens-là ont le secret, pour l'envoyer au fond du fleuve, parmi les crocodiles et les hippopotames, un pays d'où il ne reviendrait sans doute jamais.

Et pour m'impressionner, donner plus de crédit à son histoire, Sylvain croit bon d'ajouter cet affreux détail : quelques jours plus tard, alors qu'elle faisait la lessive au bord du fleuve, la mère aperçut soudain une main d'enfant émergeant du flot. La main de son petit, d'après elle, agitée en signe d'adieu.

Le village où nous allons séjourner est précisément établi au bord du fleuve aux crocodiles et aux hippopotames. J'imagine Alice roulée, malmenée par l'onde torse et rouge, victime elle aussi de la malédiction d'un sorcier pour n'avoir pas respecté un interdit local. Je demande à Sylvain s'il y a un sorcier dans son village.

— Je pense que oui. De mon temps, en tout cas, il y en avait un. Il est peut-être mort. S'il est mort, il a été remplacé. Il faut un sorcier dans un village. Vous avez le médecin, nous on a le sorcier. Pourquoi cette question ?

— Comme ça, pour savoir. Les histoires de sorcier m'intéressent. Je crois à la sorcellerie. Enfant, je voulais être prestidigitateur...

Nous venons d'arriver à Agomé-Séva, un village gaulois habité par des Noirs, noyé dans de somptueuses frondaisons qui grouillent de tisserins, des oiseaux jaunes au chant acide, l'écume bavarde de la faune fabuleuse qui se cache dans la forêt.

À peine venons-nous de garer la voiture qu'une troupe d'enfants s'avance vers nous, ânonnant un alexandrin boiteux, dansant et hospitalier : *Yovo, yovo, bon-soir, ca va bien, mer-ci !*

Le comité d'accueil nous a emboîté le pas en gardant ses distances. Une volée de moineaux qui s'enfuit dès que je fais mine d'aller vers eux. La cause de leur frayeur – ce n'est que plus tard que je le réalise –, c'est la couleur de ma peau. Au fin-fond de l'Afrique noire, ici plus que partout ailleurs, le fait d'être blanc de peau – autrement dit *Yovo* – ne va pas de soi. On me regarde comme si avoir la peau blanche était un caprice de la nature, une exception comme chez le merle ou le loup.

C'est ce que laisse entendre le chœur joyeux, peureux, le chœur chantant, tourbillonnant des enfants d'Agomé-Séva. *Yovo, Yovo, bon-soir, ca va bien, mer-ci !* À force, il y a un « comment peut-on être blanc ? » qui fait son nid en moi, qui prospère, me donne à réfléchir. J'aurai tout le temps d'y réfléchir ; trois jours durant, à longueur de journée, je vais entendre cette rengaine.

Sylvain nous a conduits directement au domicile de sa sœur. Une case aux murs en torchis, un toit de palme, une porte d'entrée, un fenestrou, un sol de terre battue et une seule pièce. Pas de cuisine, pas de salle de bain, pas de WC, pas d'eau courante, pas d'électricité, pas de frigidaire et bien sûr pas de télévision. À côté, notre Moyen-Âge est moderne.

A-t-on vraiment besoin de tout ça ? C'est la question que je me pose. Il semblerait que non. Pour vivre heureux, vivons de peu. Avec le strict nécessaire, les habitants d'Agomé-Séva respirent la joie de vivre. Ils rient pour un oui pour un non. Ils rient beaucoup plus que nous, pas besoin de comiques pour faire rire.

La sœur de Sylvain respire la bonté et joie de vivre. La case qu'elle nous a préparée, où nous allons dormir, où nous déposons notre bagage, est un deux pièces au sol de terre battue - battue, tassée, aplanie depuis des lustres par les pieds nus des indigènes, balayée aussi facilement qu'un plancher. Des matelas sont posés à même le sol. Alice et moi bénéficions d'un traitement de faveur :

nous avons droit à une moustiquaire. Moustiquaire branlante ; faire bien attention, quand on se retourne, de ne pas la faire s'écrouler. Elle tient par l'opération du Saint-Esprit ou plutôt des esprits d'Agomé-Séva.

Les WC sont à l'extérieur. Au beau milieu de la petite cour clôturée de roseaux, de bambous, on a creusé un trou en guise de WC. Le deux pièces, les matelas à même le sol, la moustiquaire approximative et le trou hygiénique dans la courette sont des marques d'attention auxquelles nous sommes sensibles. La générosité des pauvres n'a pas de prix.

Un grand merci à la grande sœur de Sylvain. C'est ainsi que son frère nous la présente. Je vous présente Apolline, ma grande sœur. Grande, c'est-à-dire bien plus âgée que lui. Une vingtaine d'années de plus. Même père, mais pas même mère. Le petit frère est parti vivre et travailler en ville, sa grande sœur est restée au village.

Du point de vue du mode de vie, du train de vie, ce ne sont pas des années, mais des siècles qui les séparent. Il en faut plus pour les séparer ; il faut voir la force du lien qui unit le frère et la sœur, il faut voir avec quel plaisir, quelle fierté Sylvain nous introduit dans sa famille. L'arriération, l'extrême dénuement, les pieds nus, les seins nus, les seins flétris de la sœur ainée ne suscitent pas chez lui la moindre gêne. Honte à moi qui suis gêné pour lui !

On vient d'installer des sièges devant la case d'Apolline. On est assis en rond. Plus facile pour faire circuler la calebasse pleine d'un breuvage tiède, écœurant, où nous devons tremper nos lèvres à tour de rôle pour nous désaltérer et par la même occasion souscrire à un rite. Le rite de bienvenue.

Bienvenue aux Yovos, bienvenue aux étrangers ! Ne pas se dérober, surtout, faire mine d'apprécier ; refuser de boire ou faire la grimace serait le meilleur moyen de se mettre d'emblée les esprits à dos (en premier lieu le sorcier, l'exécuteur des sales besognes).

Notre présence a pris une autre dimension sur la place du village, avec le discours de bienvenue du chef. Discours de haute tenue (ma réponse, à côté, me paraît ridicule, misérable) où il est beaucoup question d'ancêtres. Je réalise tout à coup que j'ai moi aussi des ancêtres. Mes ancêtres reposent à des milliers de kilomètres, mais ceux du village sont juste derrière nous. Leur mausolée, c'est une modeste case où le chef m'invite à pénétrer.

Il faut se baisser pour entrer, se faire tout petit, faire attention où l'on met les pieds et bien ouvrir les yeux. Dans la maison des ancêtres, il fait sombre comme dans un tombeau. Mes yeux s'habituent, bientôt je distingue sur un autel de fortune des vêtements en lambeaux, des ossements – principalement des fémurs et des crânes – ainsi que divers objets ayant appartenu aux défunts.

Pas si défunts que ça, bien vivants quand l'occasion se présente. Après avoir versé sur les reliques une courte rasade de gin (un alcool que j'ai acheté à Lomé sur la recommandation de Sylvain, la boisson préférée des ancêtres), le maître de cérémonie, le maître des ancêtres leur adresse la parole en *mina*, le dialecte local, un discours dont les intonations, les résonnances dans la pénombre me font froid dans le dos. J'ai hâte de sortir, de prendre l'air, la lumière, de retrouver Alice et le monde des vivants.

Le monde des vivants, pour l'heure, c'est une épique chasse au coq sur la place du village. Deux ou trois bonnes femmes en boubous lancées à la poursuite d'un coq nain censé enrichir le plat du soir. Le coq n'est pas d'accord ; il court beaucoup plus vite qu'elles, fait des crochets, pousse des cris épouvantables qui iront s'éteindre quelques minutes plus tard au fond d'une case où il a trouvé refuge et dont il ressortira dans un triste état. On lui a déjà tranché le cou, une femme commence à plumer la bestiole.

Un nouveau personnage vient de débarquer, un homme à lunettes rondes répondant au doux prénom d'Evariste. C'est l'instituteur du village. C'est lui qui apprend le français aux enfants d'Agomé-Séva – des rudiments de français au moyen de contines musicales, brèves et faciles à retenir. Contines du genre « Yovo, Yovo, bonsoir, ça va bien merci ! » Quelque chose me dit (ce « tous en chœur » sonore, parfait, réussi) que nous ne sommes pas les premiers Blancs à venir en ces lieux.

Le dîner de bienvenue a lieu sur la Grand place, devant une centaine de paires d'yeux massés à la périphérie, devinés dans le noir. La cause de cette affluence, c'est la présence au village de trois Blancs.

La nuit vient de tomber, on dîne à la lueur de petites loupiotes judicieusement réparties sur la table ; l'éclairage public, ce sont des boîtes de sardines reconverties en lampes à huile par l'artisanat local. Au moindre souffle d'air, elles font danser nos ombres, amplifient nos mouvements, donnent à ce festin de l'allure. C'est la version africaine du banquet final dans les aventures d'Astérix (Astérix le Gaulois, à une époque notre commun ancêtre).

Nous sommes douze à table, treize avec le coq nain ou ce qu'il en reste (noyé dans le manioc, il ne compte pas). Le Chef du village et son fils, la sœur de Sylvain et une de ses filles, l'instituteur, les trois Yovos et quatre autres personnes – des notables, parmi lesquels doit forcément se trouver le sorcier. Rien ne le distinguant des trois autres, je suis plein d'amabilité pour les quatre.

Assis à ma gauche, en tête de table, présidant le repas, vêtu d'un boubou mauve (tenue d'apparat), le Chef du village n'en finit pas de lorgner mon Laguiole. Pour distraire sa vue, il y a heureusement, trônant sur la table, juste devant lui, une bonbonne de vin d'Espagne amenée par mes soins. Riche idée. Au fil des verres, l'intérêt du chef pour mon couteau de poche ne cesse de décroître.

Un des mérites du vin d'Espagne (peut-être le seul ; il est de qualité très moyenne), c'est d'avoir sauvé mon Laguiole, mon précieux gri-gri. Je me suis mis dans la tête qu'il me préservait contre toutes sortes de dangers : les maladies tropicales, les ouragans, les bêtes féroces et le mauvais sort des sorciers. On est au pays de la magie, les superstitions sont à la fête.

Mon voisin de table parle un français bancal, approximatif, un « petit nègre » farci d'incorrections, pas facile à comprendre. Une gêne au début, bientôt un amusement, un régal pour l'oreille. Dans la bouche du chef, certaines expressions usées jusqu'à la corde dans nos contrées ont pris un sacré coup de jeune. Je les utilise à mon tour et on finit par se comprendre. À la fin du repas le chef et moi parlons sensiblement la même langue. À force de trinquer à notre santé et à celle des ancêtres, à la France et au Togo, il n'y a pas plus loin entre Agomé-Séva et Cavagnac (le village où j'ai grandi) que de la coupe aux lèvres.

On allait oublier les Présidents.

— Et le Président Destin (Giscard d'Estaing, pas en odeur de sainteté au Togo, à cette époque), comment va-t-il ? Il nous envoie plus li mercinères ?

— Il va bien, merci. Pour les mercenaires, je suis pas au courant...

Pendant ce temps, Christian et l'instituteur

parlent psychanalyse. Je ne sais pas comment c'est venu, je me demande ce que la libido, l'inconscient, le surmoi, le complexe d'Œdipe, viennent faire au pays de la magie. Pas si sûr que ce soit déplacé : la psychanalyse, c'est peut-être la magie des Yovos.

Les choses sont bien avancées ; à présent Christian monte la tête à l'instituteur avec des expressions barbares comme « le statut de l'autre », « le statut du désir » ou « l'amour objectal ». Du Lacan dans le texte, du Lacan dans la brousse. Pas sûr que le Lacan dans la brousse soit bien toléré par les esprits.

Alice a pris goût au vin de palme. Difficile de faire autrement, le vin d'Espagne est à l'autre bout de la table. Le vin d'Espagne étant hors de portée, elle fait contre mauvaise fortune bon cœur. Elle rit de bon cœur avec Apolline – le féminin d'Apollon, je viens de le réaliser et cette découverte grandit encore la grande sœur de Sylvain, lequel, soit dit en passant, est reparti à Lomé.

J'espère qu'Alice ne dit pas de bêtises ; j'espère que le vin de palme ne va pas lui faire perdre de vue qu'il y a un sorcier parmi nous.

Cela fait longtemps que les tisserins se sont tus. Sur la table, les loupiottes se meurent, la nuit est devenue encore plus noire qu'au début et le chef commence à bailler. Le marchand de sable est passé ; c'est l'heure de regagner sa case, certains convives sont déjà partis. Le chef a quelque difficulté à se lever, quelques problèmes avec la station droite et le sens de l'orientation. La faute à ce sacré vin d'Espagne. Je lui propose mon aide. « Non, non, c'est pas la peine. Ça va bien, merci. » Les Esprits le guideront, ils ont l'habitude.

Pour les Yovos il est un peu tôt pour aller se coucher, mais pas trop tard pour avoir des lubies.

Christian vient d'en avoir une : on pourrait aller à la chasse au python... Suggestion faite à l'instituteur, lequel est partant, enthousiaste, même. Étourdi, grisé par Lacan, il en oublie que le python est fétiche à Agomé-Séva. À l'orée du village, il y a un temple aux pythons.

Evariste est allé chercher chez lui une lampe de poche et voici les deux compères lacanisant à nouveau dans la nuit africaine, au fond de la forêt tropicale pleine de bruits bizarres. Pour conjurer la peur, je sifflote *La Marseillaise*, un petit air bien de chez nous. Pas recommandé, pas prudent. Interdiction formelle de siffler la nuit, rien de tel pour indisposer les esprits, encourir leurs foudres. Le maître d'école laisse faire, la tête ailleurs.

En certaines occasions, avec certaines personnes, les esprits peuvent se montrer tolérants, compréhensifs. Le sifflotement de l'hymne national, la chasse aux pythons ne sont que pêchés véniels et les Yovos ne sont pas les premiers venus. Ce sont les étrangers du chef. Vous êtes mes étrangers, nous rappelle-t-il, à la moindre occasion. Qu'au moins les dieux l'entendent (les dieux et les esprits, c'est la même chose).

Les dieux l'ont entendu. Le lendemain, au réveil, Alice reposait tranquille à mes côtés. Elle n'a pas été assignée à résidence dans le ventre du fleuve, parmi les crocodiles et les hippopos. Il faut croire qu'elle s'est bien tenue à table.

Après la nuit noire, le joli matin tout plein de lumière. Les esprits ont regagné leur tanière, tandis qu'Alice et Christian font leur toilette à demi-nus, au pied d'un baobab cerné par les eaux boueuses du Mono, sous le regard curieux, amusé d'une troupe d'adolescents – la jeunesse d'Agomé-Séva. Au grand jour, en tenue légère, savonnés, les Yovos sont encore plus étrangers, encore plus blancs que la veille.

Le chef nous attendait devant notre case, la mine déconfite, le teint terreux et la gueule de bois. Il restait encore du vin dans la bonbonne, de quoi faire un apéritif gitan. À sa vue, il pousse un cri, se détourne, fait mine de s'enfuir comme s'il avait vu le diable.

La maison de l'instituteur qui nous a invités à déjeuner est la seule maison du village. Inachevée, certes, encore en chantier, mais tout de même maison. Une construction en parpaings, avec un étage, des escaliers, plusieurs pièces, plusieurs ouvertures. De simples ouvertures ; les portes et les fenêtres ne sont pas posées. Tout indique qu'on va en rester là. À quoi bon installer des portes et des fenêtres quand la température ne descend jamais en-dessous de trente degrés ? L'absence de fermetures favorise le courant d'air et décourage les voleurs. Les portes fermées à double tour, les fenêtres closes encouragent le vol et d'ailleurs qui se risquerait à cambrioler l'instituteur, celui qui apprend le français aux jeunes du village, leur apprend à lire et à écrire ?

Le voleur serait vite démasqué. Le sorcier sait comment s'y prendre. Ils sont trois ou quatre suspects, une pierre dans la main ; celui qui lâche la pierre parce que tout à coup elle est devenue brûlante, c'est le voleur. Il sera battu, lynché, peut-être, et puis balancé dans le fleuve, jeté en pâture aux crocodiles. Justice expéditive, pire que la loi du talion.

Nous déjeunons au premier étage. Le séjour est au premier ; une vaste pièce ouverte aux quatre vents. Le dehors est dedans et le dedans dehors ; les mouches, les moustiques, les abeilles et les papillons sont chez eux, les oiseaux sont les bienvenus. Les esprits eux-mêmes sont les bienvenus, sitôt la nuit tombée.

Les enfants font le service, l'épouse est en

bas, elle est aux fourneaux (une des trois épouses, les deux autres sont à la ville). L'instituteur est polygame et ne s'en cache pas. Pourquoi s'en cacherait-il ? C'est inscrit dans les mœurs, pas de quoi en faire tout un plat. Un de ses arguments, c'est qu'au Togo il y a plus de femmes que d'hommes. Si on a plusieurs femmes, c'est parce qu'on ne peut pas faire plusieurs enfants la même année avec la même femme. Or il faut beaucoup de bras pour l'agriculture ; des bras pour travailler la terre, des bras pour faire peur aux oiseaux qui pillent les cultures (la spécialité des plus jeunes).

Pas vraiment convaincue, Alice. Elle préfère se taire, des fois que ses propos arriveraient aux oreilles du sorcier.

Le plat du jour, ce sont des écrevisses du fleuve préparées à la sauce villageoise. Sauce rouge et très pimentée. Les écrevisses du Mono sont des écrevisses géantes, elles font trois ou quatre fois la taille des nôtres. Concernant 0 les bêtes, c'est tout le contraire de chez nous. Taille démesurée pour l'animal sauvage, taille réduite pour l'animal domestique. Monstrueux éléphants, girafes gigantesques, hippopotames énormes, mais petits coqs, petits moutons, petites chèvres, petites vaches.

En fin d'après-midi, promenade en pirogue sur le Mono en crue. C'est Evariste qui pilote l'embarcation. Il a l'air de s'y connaitre, le maître d'école, en matière de navigation. Muni d'une longue perche, il maintient la pirogue au ras de la berge, là où le courant est moins fort. Si près de la forêt qu'on est obligé de se baisser pour éviter les feuillages qui débordent au-dessus de l'eau.

Un chasseur est sorti du bois pour nous dire bonjour, voir des Yovos de près. Le fusil à l'épaule, coiffé d'un étrange chapeau qui lui tient lieu de gibecière, il vient de tuer un oiseau. On voit les plumes de l'aile qui dépassent, qui lui chatouillent le front.

Fin du deuxième jour. Le troisième jour, est jour de marché. Grand moment que le petit marché d'Agomé-Séva ! Un régal pour les yeux, le boubou lumineux des marchandes, les pyramides d'oranges, de mangues, d'ananas, de papayes, de dattes, de bananes et de noix de coco ; un régal pour les yeux, les piles de boites de sardines (futures lampes à huile), les savonnettes Lux, Cadum, les dentifrices Gibbs, Golgate, les vieilles eaux de Cologne – notamment celle du Mont Saint-Michel, mise en évidence à cause du joli dessin sur l'étiquette.

Marché aux couleurs et aux odeurs, marché de la lenteur, de la flânerie et du marchandage. On traîne les pieds, on passe et repasse, on y regarde à deux fois, on discute longuement avant d'acheter. Tout ça dans le babil des tisserins, les éclats de rire, les rebonds du dialecte local et les volées soudaines de musique africaine venue de l'étal d'un marchand de cassettes (le CD n'est pas encore arrivé jusqu'ici).

C'est Alice au pays des merveilles. Elle s'en met plein les yeux, flâne tout son soûl ; elle a acheté quelques boites de « petit Chinois », un remède miracle, un onguent qui soigne tout (contre les maux de tête, les rhumes de cerveau, les embarras gastriques, les cauchemars et peut-être contre les chagrins d'amour). Elle a marchandé, pour la forme. Elle est fière d'elle, la marchande a fini par baisser son prix.

Le plus beau est peut-être à venir – le plus beau, le plus impressionnant, le plus sauvage, le plus inattendu. Une fête a lieu prochainement au village voisin, à laquelle vont participer les danseurs d'Agomé-Séva. Répétition générale à l'écart du village, dans une clairière, un terrain vague entre fleuve et forêt. Les trois Yovos sont invités.

La nuit vient de tomber. L'éclairage, c'est un grand feu de bois. Les danseurs – de jeunes villageois, des hommes et des femmes – forment un cercle qui s'ébranle dès que les tam-tams se mettent à cogner. La flambée exagère la taille des danseurs (les ombres dansent elles aussi). Les danseurs dansent sur place tout en se déplaçant. Un insensible déplacement qui fait tourner le cercle, tandis que les tambours se déchainent, que les filles se déhanchent. Tout ce piétinement, tout ce déhanchement, tout cet ébranlement, ce rythme sauvage venu de la nuit de l'homme, de la nuit des temps, cette allusion aux tremblements de terre, aux volcans, nous atteint à des profondeurs qu'on ne soupçonnait pas.

Émue, remuée, ne se dominant plus, Alice faillit entrer dans la danse. Il fallut que Christian la retienne. Dans son égarement, elle avait oublié les esprits. Ils sont autour du feu, l'air qui tremble au-desus des flammes, c'est les esprits du fleuve et ceux de la forêt qui se sont invités à la fête.

Au second tour, les danseurs se sont mis à chanter. Les tambours, les chants et la danse sauvage, en pleine nuit, en pleine nature, c'est l'Opéra Général. À côté nos musiques, nos chansons, nos variétés paraissent bien pâles...

C'est le cœur triste et la tête résonnant encore de l'écho fantastique des tambours que les trois Yovos quittent le village, le lendemain matin, escortés par une ronde d'enfants débitant leur refrain, avec une variante : *Yovos, yovos, aur'voir, ça va bien, MER-CI !!!*

Et là-dessus, sur cet air scolaire, enfantin, affectueux, le taxi-brousse démarre, cahote dans les nids de poule. La volaille est sur le toit à côté d'un mouton aux pieds liés, allongé au milieu d'un tas de marchandises. Les passagers nous regardent comme s'ils n'avaient jamais vu de Blancs. Dans le taxi, aussi, notre blancheur étonne. Nous nous en étonnons nous-mêmes. Quelque chose a changé en nous, il faut croire... ❐

Nos ancêtres

Dominique Lanni

"J'ai de mes ancêtres gaulois l'œil bleu blanc, la cervelle étroite, et la maladresse dans la lutte. Je trouve mon habillement aussi barbare que le leur. Mais je ne beurre pas ma chevelure."

Arthur Rimbaud, Une Saison en enfer

Il n'y avait rien, mais absolument rien, dont Jean-Hubert de la Touffe n'était plus fier que de son nom, de son titre et de sa lignée. Du matin au soir et du soir au matin, il n'avait de cesse de s'en glorifier, et il n'aimait personne autant que ceux qui l'appelaient par son nom, qui le caressaient d'un "baron" ou qui en appelaient à ses aïeux. Pour être de ses féaux ou commensaux, il n'était nul besoin "d'être de la haute" ; il suffisait de flatter son ego. Et, noblesse oblige, il mettait un point d'honneur à condescendre à palabrer avec ceux dont il s'enivrait à penser qu'en d'autres temps ils eussent été ses serfs.

Jean-Hubert de la Touffe avait pour épouse une des plus fines fleurs de la noblesse d'épée. Gudule de la Touffe, née de Panfouillis, était, à l'instar de son vénérable époux, issue d'une des plus vieilles et augustes familles de France. Leur mariage avait été convenu ainsi que cela se faisait. Elle n'était pas totalement laide. Il n'avait rien d'extraordinaire. Quoi qu'en pensent les roturiers sur le sujet, dans la haute société, les arrangements ont cela de commode qu'ils offrent de se soustraire à bien des tracas, des déceptions, des renoncements, et présentent l'avantage de perpétrer la race, ce beau sang bleu qui coulait dans leurs veines et dont ils étaient si fiers, d'autant plus en ces temps où ils estimaient que les métissages polluaient tout.

Jean-Hubert et Gudule de la Touffe n'étaient pas racistes. Cependant, il n'était pas question pour eux de tolérer que des métèques s'avissent de corrompre…

— Nous ne sommes pas racistes, assuraient-ils. Cependant, il ne saurait être question pour nous de tolérer que des métèques s'avisassent de corrompre…

Jean-Hubert et Gudule de la Touffe étaient les heureux propriétaires d'un château classé, d'un pigeonnier dont un de leurs glorieux ancêtres avait obtenu le privilège sous un Louis, d'une chapelle qui était l'exacte réplique en miniature de la basilique de Loches. Leur château avait une grand-salle qu'envahissait une gigantesque table ronde comme dans les romans de chevalerie, au fond de laquelle trônait une monumentale cheminée, et dont les murs étaient ornés de tapisseries, de bois de cerfs et d'armes anciennes – épées, écus, lances, fléaux, goupillons, masses, arbalètes. Les de la Touffe pouvaient également s'enorgueillir d'une meute dont tous les chiens – cela allait sans dire – étaient de race, et de divers gens de maison qui leur étaient dévoués comme on peut l'être chez ces gens pour qui le temps s'est figé avant la Révolution : un piqueur, un veneur, un grand aumônier et un précepteur pour leurs cinq enfants. Trois garçons – Clovis, Clotaire et Côme – dont il était convenu que l'aîné serait pour le moins colonel d'infanterie, le second magistrat dans une cour d'assises et le puîné prélat, et deux filles – Éléonore-Charlotte et Ludivine-Marie – dont il avait été fixé une fois pour toutes qu'elles se consacreraient à la dentelle, au macramé ou à la collection des porcelaines de Limoges à leurs heures perdues, et qu'elles épouseraient chacune un beau parti à leur quinze ans, un "de", "du" ou "de la" quelque chose.

Jean-Hubert de la Touffe donc n'aimait rien tant que discourir sur ses ancêtres. Rien ne primait tant pour lui que les origines, le sang et la race. Il s'enorgueillissait de compter plus de soixante-dix quartiers de noblesse et n'avait pas son pareil pour narrer les hauts faits auxquels avaient participé ses aïeux, et remontrer le rôle prépondérant qu'avaient joué ses ancêtres aux moments-clés de l'Histoire, la grande, avec un H majuscule, tant et si bien qu'il commençait quasi toutes ses phrases par "Nos ancêtres".

Nos ancêtres...

Deux mots, un simple déterminant – sur lequel Jean-Hubert plaçait un triple accent circonflexe lorsqu'il le prononçait, pour que chacun comprît bien que ses ancêtres à lui n'avaient rien en commun avec ceux des autres – et son substantif – sur la seconde syllabe duquel il n'insistait pas moins. Deux simples mots donc, mais qui étaient assurément là pour Jean-Hubert de la Touffe ses deux mots et sans nul doute les deux mots les plus importants de ce qu'il pouvait connaître de la langue française.

Et pour être parfaitement honnête, les ancêtres de Jean-Hubert de la Touffe n'étaient pas tout-à-fait – ou pas du tout, pour être plus juste – ceux de la masse des autres Français. Ce n'étaient pas les Gaulois, ce peuple crasse aux moustaches paille dont les Vercingétorix, Astérix et autre Obélix se tartinaient la chevelure de beurre.

Non. Ses ancêtres n'étaient ni plus ni moins qu'un conseiller de Charlemagne, un fidèle de Clovis, un chambellan de Philippe-Auguste, l'écuyer de Du Guesclin, le grand intendant de

François Ier, le conseiller de Monsieur de Pontchartrain, ministre de Louis XV, l'homme de confiance de Montcalm, un des généraux préférés de l'Empereur, le seul et l'unique, un intime du Général – un cliché faisait foi...

Aussi était-ce la raison pour laquelle pour lui, de nos jours, on n'était rien si on n'était pas à même de dire qui on était et d'où l'on venait. Et il le disait et répétait à l'envi à qui voulait l'entendre, et surtout, à qui ne le voulait pas.

— De nos jours on n'est rien si on n'est pas à même de dire qui on est et d'où l'on vient...

Jean-Hubert de la Touffe ne se tenait pas pour sectaire ou élitiste pour autant.

Mais qu'un importun vînt s'aviser de rivaliser en termes de quartiers de noblesse et il le gourmandait de questions pour s'assurer de son ascendance et voir s'il ne s'agissait pas là d'un usurpateur qu'il rêvait alors secrètement d'humilier à la face du monde, ce qui était à dire, ceux qui avaient droit et autorité à poser leur noble séant autour de la table ronde de sa grand-salle.

Un soir qu'à dîner, il retraçait pour la énième fois les petits et hauts-faits de ses glorieux ancêtres, un des convives, que la leçon d'histoire avait captivé et transfiguré de joie, s'étonna de ce que les de la Touffe n'aient pas songé à faire figurer leur arbre généalogique sur la cheminée, afin que chacun pût savoir, à peine entré dans la grand-salle, à qui il avait à faire et d'où ils venaient.

— Je m'étonne, s'étonna-t-il, de ce que vous n'ayez pas songé à faire figurer votre arbre généalogique sur la cheminée, afin que chacun pût savoir, à peine entré dans la grand-salle, à qui il a à faire et d'où vous venez.

— Un arbre généalogique..., commença Gudule.

— …sur la cheminée ? compléta Jean-Hubert.

— Mais quelle belle, riche et noble idée est-ce là, reprit Gudule.

L'arbre généalogique des de la Touffe sur le foyer seigneurial : c'était effectivement là une belle, riche et noble idée.

Oui. Maintenant que sa Gudule de la Touffe d'épouse avait procuré sur la chose son auguste approbation, rien, de l'avis de Jean-Hubert de la Touffe, ne lui paraissait pouvoir mieux habiller cette cheminée – qu'avaient jusqu'alors seulement décoré de ces bois qui font la fierté des cocus – qu'un arbre généalogique.

Remontant au temps des croisades, il n'était pas à douter que celui-ci recouvrirait la totalité de la maçonnerie et produirait sur tous ceux qui entreraient dans la grand-salle la plus forte des impressions.

Et Jean-Hubert se voyait déjà, s'imaginait, un verre de bourbon en main levé en direction de l'arbre historié, narrer pour la énième fois de plus devant des invités esbaudis les hauts-faits de ses illustres ancêtres : ici Charles Martel, ici Du Guesclin, plus haut Clovis… et ses prunelles pétillaient de bonheur à l'idée qu'avec cet arbre, c'était la contribution de ses ancêtres à l'histoire de la Nation – avec un grand N – qui allait désormais pouvoir être exposée au vu et au su de tous…

— Nos ancêtres… murmura-t-il alors comme dans un songe.

Sequenti die ou dès le lendemain, Jean-Hubert de la Touffe engagea quelqu'un des plus illustres généalogistes de France, qui était ni plus ni moins que celui qui avait poursuivi la dynastie des rois de notre pays du dernier qui avait régné jusqu'à celui qui accepterait alors d'exercer les fonctions de monarque si on voulait bien le lui demander poliment.

La réputation de l'homme l'avait précédée. Celui-ci lui avait été décrit comme âpre, intransigeant, impartial. Cela enchanta Jean-Hubert de la Touffe. On le disait méchamment sourcilleux. Jean-Hubert de la Touffe en conçut du délice.

L'homme fouillait, déterrait, épluchait les archives, reniflait, était devenu allergique à force d'absorber des kilos de poussière... Traités, chartes, bulles... rien n'échappait à sa sagacité ni à la rectitude de son jugement. Jean-Hubert de la Touffe était aux anges. L'homme n'aurait aucune difficulté à attester sa noble et exquise ascendance.

Jean-Hubert reçut donc au plus vite l'auguste généalogiste en son château, le promena, lui montra tout ce qu'il voulut voir, lui remit la partie de l'arbre généalogique des de la Touffe qui n'avait pas été perdue "par l'injure du temps", puis lui retraça dans le détail les histoires de ses aïeux. L'autre lui prêta une oreille attentive, mais sans plus, ce qui froissa quelque peu son hôte, lequel s'attendait à plus d'enthousiasme de la part d'un généalogiste qui avait servi l'actuel roi de France qui ne régnait pas et sur lequel on lui avait dit tant de bien. Mais il ne s'offusqua pas outre mesure. Tout ce qu'il attendait, c'était que l'autre travaillât efficacement afin qu'un fresquiste pût au plus tôt orner le foyer de l'arbre de la glorieuse race des de la Touffe.

L'homme prit congé. Il fouilla, déterra, éplucha des archives, renifla, ne soigna pas ses allergies à force d'absorber de nouveaux kilos de poussière. Une année s'écoula. Une année durant laquelle Jean-Hubert de la Touffe entretint au sujet de son arbre tous ceux qui voulaient l'entendre comme tous ceux qui ne le voulaient pas. Puis l'homme revint.

Il avait soigneusement établi l'arbre généalogique des de la Touffe et Jean-Hubert ne s'y était pas trompé : ses aïeux étaient de ceux qui avaient fait la France.

— Cependant…, gloussa le tatillon généalogiste, car il y avait un “cependant”.

— Cependant ? lança, en mode sourcil levé, Jean-Hubert de la Touffe.

— Cependant, mes recherches ont révélé que vos ancêtres n’ont pas joué dans l’histoire le rôle que vous auriez bien voulu qu’ils eussent joué, repartit l’autre.

— Non ? reprit Jean-Hubert.

— Non, répliqua l’autre.

— J’aimerais bien voir cela, et tout de suite ! s’emporta Jean-Hubert, qui sentit aussitôt en son château et en son for intérieur qu’il n’eut jamais dû accorder sa confiance à un gueux.

L’autre lui remontra sur le champ, et avec force pièces, chartes et bulles à l’appui. Pour faire court, l’ancêtre qui avait servi Charlemagne était un intrigant, le fidèle de Clovis un conspirateur ; le chambellan de Philippe-Auguste, qui du reste n’avait jamais été chambellan, n’était qu’un minable batteur de fer qui avait failli coûter au souverain rien de moins que la victoire de Bouvines. Il n’avait trouvé aucune trace d’un quelconque de la Touffe comme écuyer de Du Guesclin, tout au plus un vague mignon, risée des chroniqueurs du temps… Pas plus que de grand intendant de François Ier, sinon un obscur porteur de cantine qui campait au milieu des marmites, dans les champs où étaient les cuisines du château de Chambord. Il n’avait pas plus trouvé trace d’un quelconque conseiller de Monsieur de Pontchartrain, ministre de Louis XV…

Pour ce qui était des autres, l’homme de confiance de Montcalm était un de ceux qui l’avaient trahi, celui qui était supposé être un des généraux préférés de l’Empereur avait été grognard dans les Cévennes et n'avait jamais ne serait-ce qu'aperçu de loin l'Empereur. Les guerres napoléoniennes terminées, il était devenu tanneur du côté de Lattes.

Le plus beau restait cependant à venir. Celui qui avait, dixit Jean-Hubert de la Touffe, été un intime du Général avait, à l'appel du 18 juin, traversé, non la Manche mais l'Allier, et ce afin de gagner au plus vite non Londres mais Vichy. Moult document faisait foi. Un cliché notamment le montrait transi de bonheur tandis que le Maréchal soi-même le décorait de l'ordre de la Francisque.

Au terme de ces révélations, Jean-Hubert de la Touffe était en état de choc et n'importe qui l'aurait été à moins. Ce fut le timbre du généalogiste qui le ramena brutalement à la réalité.

— C'est une bien belle cheminée que vous avez là. Et quand, m'avez-vous dit, le fresquiste doit-il s'atteler à la tâche ? interrogea-t-il, perfide.

Au micro centième de seconde précis où le généalogiste eut achevé de prononcer le mot “tâche”, Jean-Hubert de la Touffe congédia l'importun et son faux arbre avec force coups de pieds au cul, en lui interdisant de glisser un traître mot de tout cela à quiconque sous peine de le faire empaler.

Aujourd'hui, les commensaux des de la Touffe ne dînent plus à l'auspice des bois, mais face à une tapisserie représentant Saint-Georges terrassant le dragon. Et lorsque l'un d'eux s'enquiert de l'arbre, Jean-Hubert déclare avec autorité qu'il n'est nul besoin d'un quelconque tas de feuilles pour savoir qui on est, d'où on vient, et qui sont nos ancêtres quand on est de la race de tous ceux qui ont fait la France. ❒

La clameur

Sylvie Cavillier

Un périmètre de sécurité avait été mis en place. Dés neuf heures, les femmes de l'atelier *Mille Saveurs* du centre socio-culturel avaient dressé deux longues tables sur le parking d'Intermarché. De là, on avait une vue plongeante sur le bâtiment désossé qui les regardait de ses orbites creuses. Chacune des femmes y avait été de sa spécialité : crêpes, gâteaux au miel, biscuits au chocolat. La mairie avait débloqué une subvention pour l'achat des denrées. Sur l'autre table s'alignaient plusieurs maxi thermos de café et de thé à la menthe, trois bouteilles d'une boisson subsaharienne qui emportait la bouche, quelques litres de coca pour les jeunes, pas d'alcool. À onze heures, tout était près. Celles qui avaient des enfants se hâtèrent d'aller les récupérer à l'école qui fermait ses portes pour l'occasion. L'explosion était prévue aux environs de treize heures trente. « Un vendredi, ça tombe mal, avait plaidé l'association interreligieuse *Au Fond Du Cœur*, en plein moment de la prière ! » Mais compte tenu que la mosquée – l'ancienne chapelle désaffectée – n'avait rien à craindre à l'autre bout de la cité, la date et l'heure avaient été maintenues.

Vers midi, les femmes étaient de retour. Les enfants grignoteront sur place. Les habitants arrivaient à pied en remontant ce qui restait du petit bois : une étroite ceinture verte coincée entre le parking d'*Intermarché* sur les hauteurs et la nouvelle aire de jeux en bas, toute pimpante et encore interdite à l'usage. D'autres venaient des alentours où ils s'étaient installés au gré des nouveaux lotissements. Les anciens du bâtiment 2 faisaient figure de héros, on les regardait presque avec déférence. Ceux des bâtiments 1 et 3, délogés dés l'aube, revenaient du vieux gymnase où ils avaient été accueillis autour d'un café. Il faisait beau, le ciel était d'un bleu profond, une brise légère promenait l'odeur de la dernière tonte. Sur le devant de l'immeuble, une longue banderole affichait le nom de l'entreprise de démolition. La gendarmerie et un détachement de CRS formaient un cordon autour du périmètre de sécurité. Un hélicoptère survolait la zone. C'était aussi excitant que le début d'un film catastrophe.

Stéphane et Ahmed s'étaient retrouvés. Ils se croisaient de temps en temps au marché ou sur la base de loisirs aménagée dans les anciennes sablières. Le vieux père d'Ahmed s'était laissé tomber sur un banc, son bonnet de laine sur ses petits yeux que la cataracte voilait. À ses côtés, son plus jeune fils, Jaoued, raclait le sol du bout de ses tennis, une main dans une poche, son portable dans l'autre.

— Ça doit faire du travail à ta femme, compatit Stéphane.

— C'est la famille.

Stéphane n'avait pas osé parler de Leila.

— Et Fabrice ?

Ahmed fit tourner son index sur sa tempe.

— J'ai su qu'ils avaient eu une petite, ajouta Stéphane.
— Ils n'ont pas voulu nous la laisser.

Stéphane n'insista pas. Il se pencha vers son plus jeune fils, Martin, qui voulait repérer l'ancien logement de son père avec ses jumelles. « Où elle était ta chambre? » Il la lui montra, troublé malgré lui par le trou noir de la fenêtre d'où il avait si souvent observé le bois. Simon, l'aîné, avait rejoint ses copains. Ahmed et Stéphane lurent avec attention les affichettes qui décrivaient la technique de destruction utilisée, dite « abattage par foudroyage » : cent soixante-dix kilos d'explosifs répartis par charges sur trois niveaux, intégrés et scellés dans les murs porteurs. Les douze mille tonnes de gravats iront combler les sous-sols du nouveau complexe sportif. Ils baissèrent ensemble les yeux sur leur ancien bâtiment que l'entreprise avait ceinturé de larges bandes de tissu blanc. On aurait dit un grand blessé sur le point d'être achevé.

— Ça fait mal au cœur quand même.

Rémi fit son arrivée à ce moment-là, sa mère pendue à son bras. Il ne les reconnut pas sur le coup. Cela faisait bien dix ans. Les retrouvailles manquèrent un peu de chaleur, ils étaient embarrassés.

— Ça fait un bail, dis donc. Tu vis où maintenant ?

Rémi vivait aux *States* et travaillait dans la finance. Il n'avait pas changé. Un peu court sur pattes mais toujours beau gosse. Il portait des chaussures étroites, une veste près du corps et tenait dans sa main droite un smartphone dernière version qu'il ne quittait pas des yeux. Difficile de croiser son regard.

— T'avais pas un cousin là-bas ?

Il l'avait toujours. Ils faisaient du *business* ensemble.

— Je vois ta mère de temps en temps, dit Ahmed après un moment de silence. Elle a été relogée à deux pas de chez nous. Elle s'y plaît ?

Rémi écarquilla les yeux comme si la question le surprenait. Il supposait que oui, sinon son frère, qui n'avait pas pu venir pour l'occasion car il passait son code, lui en aurait parlé, il la voyait tous les jours.

Josée s'était installée près du père d'Ahmed.

— Vous me remettez ?

L'un et l'autre étaient devenus veufs à quelques jours d'intervalle. Un soir, peu après l'enterrement de Régis, Josée avait entendu frapper à sa porte et trouvé le père d'Ahmed sur le seuil, une paire de pantalons sur les avant-bras. Le vieil homme lui avait demandé, avec une simplicité désarmante, en la tutoyant, et comme s'il ne doutait pas de sa réponse, de lui faire un ourlet. Il ne voulait pas déranger sa fille sur le point d'accoucher, ni sa belle-fille dans la même situation. « Bien sûr ! » avait répondu Josée, prise de court. Et le soir même, elle avait raccourci les deux jambes du pantalon, avant de les repasser soigneusement à la pattemouille. Le lendemain, elle avait trouvé sur son paillasson une grande assiette recouverte d'un torchon, et sous le torchon, trois biscuits poudreux en forme de lune. Elle avait mangé les biscuits, nettoyé l'assiette, lavé et repassé le torchon et posé l'ensemble devant la porte de son voisin. C'était tout. Ensuite, ils ne s'étaient plus adressé la parole et s'étaient contentés de reprendre leurs salutations muettes quand ils se croisaient dans la cage d'escalier.

— Il fait chaud pour un mois de septembre, dit-elle.

Tous les deux offraient leur visage au soleil, frappés par le brouhaha des voix et l'excitation qui montait, alors qu'habituellement le silence régnait à cette heure-ci, l'implacable silence de midi que rien ne vient jamais troubler – à part, de temps à autre, un cri ou des tintements de vaisselle.

— Vous avez des nouvelles d'Eddy ? demanda Rémi.

— Tu savais qu'il s'était engagé ? Il ne voulait pas travailler à l'hosto comme sa mère. On le comprend. Avec l'histoire de sa sœur en plus, c'était devenu l'annexe.

— Il n'a pas eu de chance lui aussi, soupira Ahmed.

— On ne sait pas ce qu'il est devenu. Tu devrais regarder sur ton truc, suggéra Stéphane en pointant du menton le portable de Rémi.

La foule était dense maintenant et les femmes servaient des boissons à tour de bras. Les retrouvailles allaient bon train, une fraternité pleine d'émotion courait d'un groupe à l'autre.

— On se croirait à la coupe du monde, dit Ahmed.

Ils évoquèrent ensuite, avec une émotion mal dissimulée, le souvenir de leurs anciens soldats — martyrisés, démembrés, carbonisés — qu'ils avaient enterrés à regret dans le terrain vague à l'aube de l'adolescence. Mais aucun des trois, par pudeur sûrement, n'osa parler de l'ennui qui les terrassait pendant les vacances quand, par malheur, un des gars de la bande restait seul à contempler les grandes pelouses jaunies, alors que les autres étaient au bled, en colonie, ou en camping-car dans le Var.

— Et les canettes de coca cola qu'on explosait sous le grand chêne à la rentrée, vous vous souvenez !

Tout le monde papotait autour d'eux. Les anciennes querelles prêtaient à rire. Josée et une voisine se rappelèrent du jour où la mère Robert s'était empoignée avec la concierge près du toboggan. L'escalier entier s'était mis au balcon. « Un vrai combat de catch, se souvint Josée, le pire, c'est que personne ne songeait à les séparer. Ça couvait depuis trop longtemps. » Il avait fallu que le sang commence à couler pour que quelqu'un se décide à intervenir. Les deux belligérantes avaient fini par regagner leurs appartements respectifs en se crachant dessus. Soutenue par son mari et deux voisins, la mère Robert avait laissé ses doigts ensanglantés rebondir sur le crépi du mur de l'escalier. Pendant longtemps, il était resté des traces brunâtres que personne n'avait songé à nettoyer.

Elles y seraient encore si l'escalier n'avait pas été repeint après l'incendie du local poubelle.

Elles embrayèrent avec délice sur cet autre drame. Les poubelles avaient pris feu dans les caves et la fumée qui s'était engouffrée dans l'escalier avait piégé les locataires comme des rats. Il avait fallu calfeutrer le bas des portes avec des serviettes mouillées en suivant les conseils que les pompiers leur prodiguaient par haut-parleur. De grosses volutes noires de fumée s'échappaient des vasistas ouverts de l'escalier.

Dire qu'il n'y avait pas d'escalier de secours.

—Y'en a toujours pas !

L'événement avait eu du bon. La mère Robert et la concierge avaient fini par se rabibocher au-dessus des cendres encore fumantes.

— Elles ne pouvaient pas se passer l'une de l'autre.
— Ça donnait de l'ambiance.

Baissant la voix, elles enchaînèrent sur la mystérieuse disparition de la mère Robert qu'on avait vue un dimanche d'avril se diriger vers le petit bois et que personne n'avait revue depuis. De retour de son service de nuit, le lundi matin, son frêle mari avait trouvé la maison vide. L'enquête n'avait rien donné. La mère Robert s'était bel et bien volatilisée.

— C'était quand ? En 1994 ou en 1995 ? demanda Josée.

— En 94. Juste avant le bétonnage des caves. Il paraît qu'elle était partie aux jonquilles.
— Ça m'étonnerait qu'elle soit partie pour un autre, avec le caractère de bouledogue qu'elle avait.

La vie avait repris son cours. En moins drôle. La concierge avait filé un mauvais coton et était morte peu de temps après.

Par haut-parleur, une voix annonça que l'explosion aura lieu dans dix minutes et qu'il sera demandé à la foule de procéder au décompte. Le brouhaha s'amplifia, étouffant les chants d'oiseaux. L'attente donnait des frissons. Chacun attendait le pic de l'explosion en sachant par avance qu'il serait bref. Les groupes se faisaient et se défaisaient dans une atmosphère grave et gaie à la fois. Les trois anciens copains aperçurent de loin le frère de Fabrice.

— Quel salopard celui-là !

À ce moment, la foule s'ouvrit, comme les eaux devant Moïse, sur une petite vieille en imperméable qui traçait sa route à grands pas sans se soucier des autres. Derrière elle, cahotait un chariot de course d'où dépassait une grande croix bleue.

— C'est la vieille du premier, reconnut Stéphane, celle qui faisait le catéchisme et qui nous prêtait des livres.

Devant ses yeux surgit l'image d'un Jésus replet, auréolé de colombes, en train de jouer dans la cour familiale en compagnie de son cousin Jean Baptiste, tandis que la Vierge Marie étendait du linge sur une haie d'aubépines en fleurs.

Arrivée à leur hauteur, la vieille femme s'arrêta brusquement, les fixa un bref instant de ses petits yeux rusés et lança par-dessus son épaule : « J'aime les catholiques. Ah oui, j'aime les catholiques ! » Et elle reprit sa route, une troupe de gamins à ses trousses.

Le frère d'Ahmed cracha par terre.

La compagnie de CRS s'agita. Elle venait de repérer un groupe de jeunes qui avait réussi à grimper sur le toit du bâtiment 3. Trop tard pour intervenir. Il y eu tout à coup des grésillements de haut-parleur. Le décompte approchait. L'excitation était à son comble. Les cœurs battaient à grands coups. Se frayant un passage au milieu du parking noir de monde, le député-maire arrivait au pas de charge, un journaliste de France 3 collé à ses basques. « Les immeubles s'effondrent mais la souffrance sociale demeure », déclama-t-il. Le journaliste avait son titre.

Et le décompte commença, repris par la foule entière : « 5 – 4 – 3 – 2 – 1 – 0 ! »

Il y eut une succession de craquements comme si une énorme crécelle avait été agitée, et le bâtiment, en l'espace de deux à trois secondes, s'affaissa de droite à gauche, par pans successifs, dans un pataquès de bruit et de poussière. La foule poussa une clameur, une seule, spontanée, jaillie des tripes, mélange de peine, de détresse, de frayeur et d'espérance qui s'acheva sur une note aiguë de sidération. Martin lâcha ses jumelles. Le nuage de poussière d'une ampleur quasi volcanique se déversa sur l'aire de jeux et poursuivit son avancée à travers le bois jusqu'au parking qu'il grignota mètre par mètre. Rien à faire du périmètre de sécurité. Un vrai rouleur compresseur. La foule, surprise, se mit à courir vers la route pour y échapper. La compagnie de CRS avait disparu de la vue. « Enfumez-les ! » criaient les jeunes du haut du toit. Le hall d'*Intermarché* se remplit en trente secondes. Des cris fusaient de toutes part. Les femmes du groupe *Mille Saveurs* n'eurent que le temps de déployer une grande nappe de papier sur le buffet et de s'enfuir en se couvrant la bouche. Une partie de la foule trouva refuge derrière le parking, à l'abri des peupliers poussiéreux. Tout le monde se secouait. Les commentaires allaient bon train : « C'est notre vie qui part », « Ça fait " boum-boum " dans le cœur », « Place au changement »…

Jaoued enrageait de voir l'état de sa tenue blanche. Son copain Dylan fanfaronnait: « On s'en branle, c'était une barre toute *pourrite* ! »

Le nuage se dissipa comme par magie, laissant derrière lui une épaisse couche de poussière déposée comme un suaire sur l'aire de jeu. La foule baissa d'un ton. Dans une sorte de contrecoup automatique, une envolée de pigeons affolés passait d'un toit à un autre.

— Ils sont trop matisés eux !… siffla Dylan entre ses dents.

La dispersion s'opéra dans le calme. Les groupes s'émiettaient, se ressoudaient, s'émiettaient de nouveau. Rémi avait rejoint sa voiture. Installée sur le siège avant, sa mère agitait la main comme la reine d'Angleterre.

Ahmed et Stéphane firent quelques pas ensemble.

— On a encore le temps d'aller à la mosquée, constata Ahmed.

La mosquée, répéta intérieurement Stéphane,

en visualisant la chapelle de son enfance, le christ en croix épuré, les bancs de bois blond, l'odeur de propre, les plantes vertes astiquées à la bière par la mère de Rémi. Ils échangèrent un regard prudent et se firent l'accolade, un peu sonnés, les oreilles pleines des échos de leur ancienne cage d'escalier : ferrailles secouées, cavalcades, sons des télévisions, mélopées grinçantes et lointaines diffusées par les transistors.

La vie de l'escalier, toujours froide, été comme hiver.

En partant, Stéphane arracha machinalement l'extrémité fleurie d'une branche de troène. L'odeur de corps malpropre lui sauta au nez, à la fois si lointaine et si familière qu'il resta un instant sans savoir si c'était une bonne ou une mauvaise odeur.

Bientôt, il ne resta plus que Simon sur le parking. Rivé à ses jumelles, il n'avait pas vu ses copains s'éloigner. Le soleil tapait fort sur son crâne. Plus un seul bruit, à part la rumeur des arbres. Il promena son regard de haut en bas, de droite à gauche, en imitant les attitudes d'un snipper guettant sa cible, gêné par les nuées de poussière qui chutaient par à-coups des peupliers. Au milieu des décombres fumants se dressaient des pans de murs encore tapissés, des ferrailles tordues, un tabouret pattes en l'air qui avait dû échapper au déménagement. Brusquement, Simon ramena ses jumelles sur un monticule de débris qu'il venait de balayer. Quelque chose avait arrêté son regard. Pas de doute, le monticule bougeait. Un léger éboulis, presque imperceptible, traçait une ligne au milieu des gravats. Lentement mais sûrement, une masse grise se déplaçait, crapahutant parmi les décombres, disparaissant à la vue pour réapparaître un peu plus loin, toujours à vitesse constante, sans se presser. Il régla les jumelles comme son père le lui avait appris pour surveiller les canards sauvages au-dessus de l'étang de la base de loisirs, et, très distinctement, sous la fine pellicule de poussière, le dessin des anneaux d'une carapace apparut. Une carapace de tortue. Une grosse tortue cherchait son chemin parmi les gravats !

Au moment où il dégainait son smartphone pour faire une photo, Simon réalisa qu'il était bien trop loin. Il voulut pianoter un SMS. Plus de batterie. Déjà la tortue avait changé de direction et se perdait dans les éboulis. Une évidence s'imposa à Simon et le remplit de frustration: personne n'allait le croire. Sans photo ni texto – personne. ❒

Extrait du recueil de nouvelles : « La clameur »
à paraître en 2022

Liselotte

L'âme comme la mer a ses remous
Louis-Philippe Robidoux (Feuilles volantes)

Marie-José Le Roy

Nous étions vers la fin de l'année, plus exactement au mois novembre. Bien que nous ne fussions pas encore en hiver, le froid s'était installé avec une grande vigueur, surprenant durement la population. Les prédictions n'étaient guère optimistes et annonçaient un froid polaire qui ferait date.

Pour Élisabeth Charlotte, plus familièrement appelée Liselotte, qui vivait une situation compliquée, cette arrivée prématurée des frimas s'annonçait comme un cataclysme, car elle avait basculé depuis un certain temps dans une situation de précarité absolue, ce qui voulait dire, en un mot comme en cent : privations, renoncements en tous genres, misère matérielle et morale. La principale capitulation à laquelle elle s'était soumise par nécessité était le chauffage. Lorsque les hivers étaient doux, c'était une difficulté, mais le problème durait seulement de janvier à février. Or, cette année, l'arrivée précoce des rigueurs hivernales remettait en question les recettes, les stratégies qu'elle privilégiait très minutieusement depuis belle lurette. Toute l'énergie qu'elle déployait pour tenter de se protéger des conditions météorologiques hiémales avait été mise en place dans l'unique but de ne pas avoir à régler les factures de chauffage, étant donné que ses faméliques revenus suffisaient à peine pour la nourriture.

Liselotte ne se rappelait plus depuis combien de temps elle vivait cet état, constitué d'une suite de coïncidences calamiteuses, aussi pitoyables les unes que les autres et qui l'avait plongé petit à petit dans ce marasme. Si des jours heureux avaient existé, elle n'en avait aucune souvenance. Quant à l'avenir, ce mot ne voulait rien dire pour elle qui depuis des lustres et régulièrement, disait : « j'ai pris le maquis, le maquis de l'âme ». Malgré tout, il fallait aller de l'avant, surnager, combattre pour garder la tête hors de l'eau. Aujourd'hui, il s'agissait de trouver une tactique suffisamment efficace et qui puisse être possible durablement, pour braver la froidure. Les années précédentes, elle avait passé le plus clair de son temps à la bibliothèque municipale qui était bien chauffée et dans laquelle elle avait la possibilité de consulter gratuitement les revues mises à disposition. C'est ainsi qu'elle était devenue férue de politique, de psychologie, de jardinage, de décoration de maison, etc. Les deux mois les plus rudes, elle les avait passés confortablement installée et personne n'y avait prêté attention ou trouvé à redire. Cette année, les restrictions budgétaires avaient amené la ville à supprimer ce lieu idéal, installant à la place un bibliobus qui circulait à travers l'agglomération, permettant ainsi à la population d'emprunter des livres. Pour Liselotte le coup était fatal. Il fallait au plus vite trouver une astuce pour avoir chaud toute la journée au cours des quatre mois à venir. Elle sillonna donc de long en large rues, boulevards, avenues, impasses, en se creusant les méninges pour dénicher l'idée géniale qui pourrait lui sauver la mise durant les jours prochains. Tout coûtait de l'argent, sinon elle aurait pu aller dans les cinémas qui étaient douillettement chauffés, et elle ne pouvait s'installer des heures dans des halls d'hôtel ou dans les grandes surfaces sans se faire remarquer ou risquer de se faire éjecter.

Ce soir-là, lorsqu'elle rentra dans son petit appartement glacial, elle était épuisée, surtout démoralisée. Elle ne pouvait allumer la salamandre, car sa maigre pension ne lui permettait pas ce genre de luxe. Elle réchauffa son repas, prépara une bouillotte puis se pageota pour tenter de dormir. Dormir… Parviendrait-elle à fermer l'œil tant que son problème n'avait pas été résolu ?

La nuit était déjà fort avancée lorsque Liselotte se redressa brusquement sur son séant. Eurêka ! Elle avait une réponse à ses angoisses, ses inquiétudes. Dès l'aube, elle irait vérifier la faisabilité de la méthode qu'elle envisageait de mettre en pratique. Tout à coup, elle se sentit plus légère, plus optimiste, car si son projet pouvait prendre forme jusqu'à l'arrivée du printemps en mars, elle aurait chaud, serait à l'abri et surtout éviterait la facture d'électricité, qui dans le cas contraire pourrait exploser.

Le jour n'avait pas encore ouvert ses paupières lorsque Liselotte quitta son domicile. Embobelinée dans ce qu'elle possédait de plus chaud, de plus confortable, une Thermos avec du café et un sandwich dans son cabas, elle se dirigea vers le lieu qu'elle considérait le plus proche de son domicile et qui allait lui servir de point de départ. Il y avait déjà du monde qui attendait, mais elle était persuadée que leurs préoccupations n'avaient rien à voir avec les siennes. Ce public était composite, allant de jeunes gens adeptes des dernières technologies aux hommes d'affaires avec de beaux attachés-cases, en passant par des individus plus ordinaires, sur lesquels on ne pouvait mettre une étiquette pour justifier leur appartenance.

Enfin, le moment crucial et tant attendu, car porteur de la réponse que souhaitait Liselotte arriva. Emportée par le flot compact d'individus pressés, elle fut charriée vers l'intérieur du bus. Naturellement, il devait y avoir un code de bonne conduite, mais personne ne semblait l'avoir consulté, car c'était plutôt la débandade qui sévissait. Pour ce premier jour, elle allait tester la faisabilité de son projet, les trajets, le nombre de places assises, les différents arrêts, les horaires. Tout avait de l'importance. La ville ayant opté pour la gratuité des transports, elle savait d'ores et déjà qu'on ne pourrait la chasser. Cet élément était fondamental pour la désespérée, qui se félicitait d'avoir eu cette idée qu'elle considérait à juste titre géniale, compte tenu de la situation.

Cette première journée fut longue, très longue. Tout était nouveau, fort intéressant. Rien de comparable avec la bibliothèque, caractérisée par le calme presque religieux qui y régnait. Dans le bus, c'était la vie qui triomphait. Des gens de tous âges montaient ou descendaient suivant leurs préoccupations. Certains lisaient, d'autres écoutaient de la musique ou téléphonaient. C'était un spectacle turbulent, dynamique, parfois pittoresque. Le bus qu'elle avait emprunté ayant effectué son trajet en une heure, elle en descendit pour en prendre un autre. Ce n'était ni alambiqué ni une torture d'esprit, il suffisait de lire les panneaux d'affichage, de se procurer un guide des horaires, des trajets et ainsi on pouvait traverser la ville, ou suivant le circuit emprunté, aller se baguenauder à la campagne. Éventuellement, il était possible de descendre pour flânocher, puis remonter afin de terminer la course ou si l'envie se faisait sentir, changer tout bonnement de direction… C'était épatant…

L'endroit où se prenaient les bus s'appelait un quai et pour elle, ce mot qui à lui seul sentait le voyage était déjà synonyme d'aventures. Les noms des stations aussi avaient leur importance. Kandinsky, Duke Ellington, Lavoisier, Aragon, tous les noms célèbres de la littérature, de la musique, de la peinture, des sciences défilaient pour le bonheur de cette petite bonne femme, qui malgré son dénuement, arrivait encore à s'émerveiller et à rêver.

Elle avait compris qu'un bus est un espace extraordinaire où se mêlent pour un bref moment les vies, les histoires, les peines et les bonheurs de ceux qui l'empruntent. Tous ou presque n'ont aucun lien, mais cohabitent et communient un instant, pour ensuite se diluer, happés par leur propre destinée.

Ce que Liselotte appréciait le plus, c'était la douce chaleur. Il suffisait de s'asseoir sur certains sièges, pour sentir le souffle du système de la bouche du calorifère à air chaud, courir sur les jambes. C'était divin.

Il fallut une bonne semaine à Liselotte pour expérimenter la méthode qu'elle avait mise sur pied. Chaque ligne de bus était différente. Certaines avaient des parcours concernant uniquement la ville, d'autres sillonnaient les campagnes environnantes. Les jours aussi avaient des variantes. Les mercredis c'était un va-et-vient continu d'étudiants bruyants, d'enfants accompagnés de leurs parents. Le samedi, les ménagères avec des cabas bourrés de marchandises, achetées sur le marché, étaient l'essentiel de la population. Même les horaires avaient leur importance. Tôt le matin, c'était une foule de quidams pressés se rendant sur leur lieu de travail ou des étudiants vers la fac. À midi très souvent, c'était à peu près la même clientèle qui allait déjeuner. Il fallait attendre environ douze heures trente pour que les bus roulent quasiment à vide et c'était le moment que choisissait Liselotte pour ouvrir sa Thermos et manger son sandwich.

Au début, les chauffeurs avaient été intrigués, perplexes en voyant cette petite vieille passer des journées entières à bord des autocars. Ils furent encore plus dubitatifs en la voyant casser la croûte sur le coup de mdi. Ceux qui s'étaient risqués à la questionner en furent pour leurs frais, car Liselotte ne voulait pas ébruiter son stratagème qui aurait pu faire école. Que se passerait-il si tous les « traîne misère » de la ville appliquaient sa tactique et ramenaient toute leur détresse ? Sachant être dans son droit et ne comptant pas se laisser impressionner par ces freluquets qui avaient pour mission de conduire les cars, elle avait opté pour une attitude mutique, préférant paraître idiote, plutôt que d'avouer la réalité.

Au fil des jours, elle avait repéré les individus qui fréquentaient assidûment aux mêmes horaires, les mêmes circuits, mais jamais elle n'associait sa condition à la leur. Elle imaginait leurs vies, leurs situations familiales ou sociales sans complications et elle était persuadée qu'ils avaient de jolies maisons bien chauffées.

On approchait de Noël et les pérambulations de Liselotte devenaient de plus en plus intéressantes. Les rues de la ville à la nuit tombante s'illuminaient de guirlandes multicolores. Le public qui utilisait ce moyen de transport était joyeux, chargé de paquets joliment parés de bolducs chamarrés. Elle supposait qu'ils avaient décoré logis et sapins pour les fêtes.

La seule difficulté concernait les dimanches, car aucun bus ne circulait et les grandes surfaces étaient fermées. Ces jours-là apparaissaient à Liselotte terriblement longs, terriblement tristes et sa condition lui semblait alors bien plus lamentable.

Depuis un certain temps, Liselotte avait repéré un type étrange. Il montait dans le bus numéro cinq à Cézanne et descendait invariablement à Kepler, station située dans un des quartiers les plus chics, les plus glamours de la métropole. Ce qui avait retenu son attention, c'était cette façon bizarre qu'il avait de s'affubler de galurins, de couvre-chefs plus extravagants les uns que les autres. C'est ainsi qu'elle le vit se présenter avec un Akubra australien, un Deerstalker britannique, un Borsalino italien et un jour de très grand froid, paré d'une chapka de fourrure russe. Ses lunettes aussi étaient remarquables tant elles étaient fantaisistes. Il semblait posséder une collection inépuisable allant des bésicles de dandy du dix-neuvième siècle, aux rondes de Marcel Achard, en passant par des lunettes aux verres bleus semblables à celles de Claude Monet. Liselotte soupçonnait cet extravagant binoclard de détenir des lunettes de neige tibétaines.

L'excentrique personnage avait quant à lui, remarqué ce petit bout de femme au regard vif, intelligent, paraissant s'intéresser à tout ce qui se déroulait autour d'elle. Il était intrigué par sa présence quotidienne et avait constaté qu'elle s'asseyait toujours au même endroit, qui était une sortie de chauffage. Très rapidement il comprit ce qui se passait et pourquoi elle se tenait invariablement à cette place. Désormais, lorsqu'il l'apercevait, il soulevait son chapeau pour la saluer et Liselotte lui répondait en inclinant la tête.

Cette situation l'avait revigorée. Quelqu'un semblait s'intéresser à sa modeste personne et si elle avait été plus jeune, elle aurait certainement pensé qu'elle avait fait une touche ou comme disent les jeunes, qu'elle avait un ticket.

Dès lors, elle se mit à attendre chaque matin avec une certaine fébrilité, l'apparition de ce soupirant funambulesque à la station Cézanne. C'était un fidèle, car chaque jour à la même heure il apparaissait avec ses invraisemblables lunettes et ses époustouflants chapeaux. Ce fut trois jours avant Noël qu'il l'aborda d'une manière simple, attendu, lui souhaitant tout simplement le bonjour. Enhardi par le fait qu'il ne se soit pas fait jeter, il vint le lendemain s'asseoir près d'elle, amorça la conversation par les banalités d'usage en pareil cas, si bien qu'il en oublia de descendre à Kepler, poursuivant en compagnie de Liselotte, le trajet dans son entier jusqu'au terminus. Audacieusement pour ne pas dire aventureusement, il osa lui proposer un rendez-vous pour le lendemain dans le bus numéro cinq, à la station Cézanne.

Le galant de Liselotte qui se prénommait Kazimir, lui fit une cour dans les règles à bord du bus numéro cinq pendant le reste de l'hiver. La conclusion de cette pittoresque histoire fut que Liselotte n'eut plus jamais froid, car le soupirant qui n'était pas un malotru, mais un gentleman, l'épousa. Sensible à l'histoire qu'elle lui avait confiée, sans en omettre les détails, ému par sa situation et conquis par cette personnalité singulière, presque aussi baroque que la sienne, il décida d'effectuer en sa compagnie, le bout de chemin qui leur restait tous deux à parcourir dans la vie, avant de rejoindre un monde idéal, certainement fait de bus et de chaleur.

❑

La maison commune

Brice Gautier

Dans la maison commune nous vivions tous les trois, mon frère, ma sœur et moi. C'était une maison de ville coincée entre deux immeubles de cinq étages, une vieille baraque en mâchefer qui semblait s'excuser d'être encore là, qui se faisait toute petite pour prendre le moins de place possible et faire oublier qu'elle occupait un espace urbain dont le cours avait plus que décuplé en moins d'un quart de siècle. Sur sa parcelle de cent mètres carrés, laissant la place à un jardin minuscule où rien ne poussait faute de lumière et d'attention, la maison commune s'élevait sur trois petits étages. Au rez-de-chaussée, une pièce unique faisait fonction de cuisine, salle à manger et salon. Deux chambres occupaient le second étage, les deux garçons dans l'une, ma sœur dans la seconde, éternel sujet de chamailleries entre l'aînée qui ne doutait pas de sa légitimité, renforcée par son statut de seule fille de la fratrie, à jouir d'une chambre individuelle, et les deux plus jeunes garçons, dont j'étais, revendiquant un partage plus équitable bien qu'irréaliste de l'espace, inventant des systèmes complexes de distribution temporelle de la pièce convoitée, six mois chacun, un week-end sur trois, ou au moins une fois de temps en temps quand mon grand-frère feignait de ne plus supporter ma phobie de l'obscurité et, dans un pathétique plaidoyer pro-domo surjoué, m'accusait de gâcher ses nuits et de mettre en danger sa santé par un raccourcissement funeste de son temps de sommeil. Les combles aménagés, où les adultes ne pouvaient tenir debout que sur une bande étroite d'un mètre de largeur, avaient accueilli la chambre de nos parents avant de se reconvertir en salle de jeu idéale pour nos petites tailles, autorisant par son exiguïté toutes les constructions de briques en bois et autres assemblées de personnages en plastique qu'aucun de nous ne prenait plus la peine de démonter en prévision d'un agrandissement futur, de l'ajout d'un zoo, de l'élévation d'un étage du château médiéval ou de la réalisation d'une route sur laquelle des chevaux montés de chevaliers en armure et des petites voitures cohabiteraient sans souci d'anachronisme. À peine se souvenait-on de l'ancienne fonction de cette pièce, de ce temps révolu où je venais me blottir entre mon père et ma mère dans leur lit qui me semblait gigantesque et finir ma nuit peuplée de monstres intangibles entre leurs corps chauds et rassurants. Le grand lit était toujours là, mais nos parents y dormaient désormais seuls à tour de rôle.

Dans la maison commune, Papa et Maman ne vivaient plus ensemble. Une nuit d'orage ils avaient pris la décision de ne plus y apparaître que séparément, une semaine l'un, une semaine l'autre, ne se croisant au début sous aucun prétexte puis, au fur et à mesure que le souvenir du tonnerre et de la foudre s'éloignait un peu, consentant à échanger quelques paroles avant de prendre leur tour de garde avec nous. À lundi, disait l'un, bonne semaine, répondait l'autre avec ce que nous aurions pu comprendre comme de l'amertume si nous n'avions pas été des enfants, puis la porte se refermait, propulsant l'un de nos parent dans un monde insensé où nous n'existions pas, un univers inconnu et mystérieux dont rien ne filtrait, comme si une fois dans la rue celui de nos parents qui ne restait pas se dissolvait dans l'espace, ou regagnait un endroit gardé secret où il s'allongeait pour dormir une semaine entière sans manger ni boire en attendant de revenir sonner à la porte le lundi suivant. La maison commune était une bulle étanche à tout ce qui ne concernait pas nos petits égoïsmes de gamins, un univers de science-fiction protégé des invasions extérieures par un mystérieux champ de force qui repoussait impitoyablement toute information qui aurait pu nous enlever nos illusions et nous propulser dans un monde, pourtant réel, où nos parents avaient une vie en dehors de la nôtre et où nous aurions pu croiser de véritables extra-terrestres, par exemple sous la forme d'autres enfants vivant avec notre mère. Nous refusions de croire notre sœur adolescente qui, certains soirs, prenant soin que Papa ou Maman ne l'entende pas, se glissait silencieusement dans notre chambre, grimpait l'échelle de la mezzanine où se trouvait mon lit, s'installait à côté de moi et me murmurait sur le ton du secret-défense le plus absolu que Maman vivait dans un appartement de la Croix Rousse avec un autre homme et, une semaine sur deux, ses deux petites filles. Je la traitais de menteuse tandis que mon frère ricanait du haut de ses trois ans de plus que moi et de son statut de collégien, lui qui avait déjà assimilé l'information et jouait au grand frère blasé, camouflant ses états d'âme derrière des bravades dont personne n'était dupe. Ma mère entretenait mes illusions en interdisant à son nouveau compagnon ou à ses filles de franchir le seuil de la maison commune, tandis que mon père verrouillait toute conversation relative au sujet les quelques fois où il y invitait des amis, même s'il ne pouvait pas empêcher les langues de se délier, l'alcool aidant, lorsque tard le soir tout le monde croyait à tord les enfants endormis. Ce sont ces bribes de discussions avinées qui représentèrent nos plus fiables sources d'information, même si je m'accrochai à mes chimères tant que je ne fus pas à mon tour entré dans l'adolescence et son univers de désillusions, refusant contre toute évidence de voir le désarroi de mon père, son regard vide quand il prenait ses repas avec nous, ses longues pauses à ne rien faire dans le canapé de ce que nous appelions le salon, ses yeux rouges quand il venait nous faire un bisou avant de dormir et l'amertume de ses paroles contre le moindre détail contrariant de son existence ou pour le monde tel qu'il lui apparaissait en général. Il n'eut pourtant jamais un mot blessant contre notre mère en notre présence, comme jamais il n'aborda la raison pour laquelle ils s'étaient séparés, bien qu'avec le temps il ne fut plus possible de nous cacher la réalité de la rencontre de Maman avec un homme qui n'était pas notre père, puis de nous empêcher d'imaginer dans un luxe de détails et de variantes parfois incompatibles entre elles tous les détails sordides entourant la révélation de son infidélité et la pluie de cendres qui s'en suivit.

Dans la maison commune nous avons vécu ainsi plus de dix ans durant, à faire semblant de continuer à être une famille, à partir en vacances avec Maman sans son nouveau compagnon ni ses filles, alors même que nous n'avions plus rien à apprendre de son histoire ni rien à lui reprocher, même moi, le plus jeune, qui avais fini par admettre que ma mère avait le droit de poursuivre sa vie d'une manière différente de celle dont je pouvais avoir rêvé, et que son amour partagé n'en était pas moins sincère ni inconditionnel. Elle s'acharna pourtant à ne jamais mélanger ses deux vies, même quand il fut impossible de ne pas répondre à nos questions, ce qu'elle fit de manière laconique et nécessairement lacunaire, peut être parce qu'elle pensait à tord que tout ce qu'elle dirait serait répété à mon père, pour qui chaque information de cet ordre constituerait une blessure de plus dans sa vie qui ne cicatrisait pas. Mon père dissimula plus habilement sa vie intime postérieure à la séparation, s'il en eût jamais une, car il ne nous vint jamais à l'oreille le moindre indice qui pût nous laisser croire qu'une autre femme s'était un jour réveillée à ses côtés à la place que maman n'avait jamais cessé d'occuper dans son esprit. Aucun prénom, aucune silhouette, aucune anecdote ne put nous mettre sur la voie d'une présence féminine, et si la lumière revint un peu dans ses yeux au fur et à mesure que les années passaient, il ne retrouva pas la foi dans un amour partagé avant que nous ne fussions tous partis de la maison commune et que la situation amoureuse de Maman n'évoluât.

Le temps finit par arriver où, grandissants, nous quittâmes un à un la maison commune. Ce fut pour mon père et ma mère comme de perdre leurs bras ou leurs jambes à chaque départ. Ma sœur, d'abord, décida de terminer ses études au Québec où la vie, bien que plus froide, lui semblait plus facile, mais surtout totalement neuve, loin du champ de force qui entourait la maison et qui, son indépendance acquise, avait fini par l'asphyxier. Lorsqu'elle fut partie, la joie de récupérer sa chambre fut largement gâchée par une sensation extrême de vide, comme si son absence avait pris toute la place dans la pièce convoitée. Mon grand frère s'y installa néanmoins, impatient à présent de partir à son tour, comptant les jours jusqu'à sa majorité et, son bac passé, s'enfuit à Rennes pour y continuer ses études. Dans la maison commune il ne resta plus que moi, accompagné tour à tour par mon père encore mélancolique et par ma mère qui, la période d'euphorie de sa nouvelle vie passée depuis très longtemps, s'était séparée de l'homme que nous avions nommé pendant dix ans son nouveau compagnon. C'est à cette époque qu'elle commença à venir en avance prendre son tour de garde, surprenant mon père dans la préparation de son départ, ou proposant carrément de passer le lundi après midi avec lui et moi réunis dans une sorte de famille nucléaire réduite à sa plus simple expression, le père, la mère et l'adolescent monté en graine, moi. Je garde de cette époque un souvenir très doux de promenades dans le Vieux Lyon et de goûters succulents au glacier de la rue Saint Jean, de visites au musée d'Art Contemporain suivies de flâneries dans le parc de la Tête d'Or où je remarquai, pour la première fois de toute ma vie, que mon père tenait la main de ma mère. Je gardai précieusement l'information pour moi, ne la communiquant surtout pas à mes adelphes, gardant jalousement mon trésor qui s'avéra une graine plantée en terrain fertile et ne tarda pas à germer. Quand je fus prêt à partir à mon tour vers des études supérieures à Paris, mes parents annoncèrent qu'ils vivraient à nouveau ensemble dans la maison commune où nous, leurs enfants, viendrions régulièrement veiller sur leur couple reformé, leur cachant à notre tour la plus grande partie de notre vie sans eux. ❐

Mission d'exploration

Christophe Varlet

Novembre 2096

Il y a tout d'abord les choses, nues, seules. Puis les gens. Mais d'abord les choses. C'est ce qui apparaît le premier. Lorsque j'entre dans une pièce avec mes collègues, il faut voir leur regard se promener, balayer, observer, soupeser les objets et la poussière, retracer l'itinéraire qui mène des choses aux gens. Ce n'est pas facile.

Lorsqu'ils ont fini d'observer les choses, ils parlent. Je me tais ; j'écoute. Ils parlent de la vie que recèlent les objets. Car les choses ne sont pas mortes. Elles gardent les instants, les songes, les moments de bonheur comme de douleur, les petits riens qui font la vie. Les choses parlent des gens ; les choses parlent pour eux.

Qu'arriverait-il si un gaz mortel tuait tous les hommes sur Terre et que des êtres venus d'ailleurs venaient ici pour comprendre ? S'il n'y avait plus que les choses pour témoigner de ce que furent les hommes ?

Je doute qu'ils aient eu le temps de s'interroger. La catastrophe semble s'être abattue si rapidement sur eux. Que s'est-il réellement passé ? Nous n'en savons rien. Peut-être le saurons-nous un jour ; peut-être pas, qui peut dire ?

Nous sommes là, et nous essayons de comprendre. Ce qu'ils ont été, ce qu'ils ont fait, pensé. Nous reconstituons peu à peu le puzzle de leur vie, de leur mort. Tout cela grâce à leurs artefacts.

C'est un interrogatoire difficile. Même les plus endurcis d'entre nous hésitent à rester plus de quelques mois. C'est que toute cette mémoire finit par nous hanter. C'est que chaque grain de poussière, chaque tableau aux murs, les livres, les commodes bourrées de vieux journaux, les réfrigérateurs rectangulaires, tout hurle sans fin.

Nous sentons peu à peu l'âme de ceux qui nous ont précédés nous envahir, nous presser, nous crier : ne nous oubliez pas !

Les murs tournoient et crient. Après, ce sont les rues, les voitures abandonnées, les jouets d'enfants sur les tapis des salons, les tubes de maquillage sur les tables de nuit, les différences subtiles entre les couleurs, les nuances. Plus que tout, la poussière.

C'est tout ce qu'il reste d'eux. Lentement ils sont tombés en poussière ; elle envahit tout. Elle s'est infiltrée dans les conduits d'aération, elle repose sur les radiateurs et les guéridons. Elle se niche sur les gouttières et sous les draps.

Grâce aux objets nous retraçons, afin qu'ils ne cessent pas d'exister. C'est un interrogatoire difficile, disais-je plus haut. C'est vrai. Finalement, malgré tous nos efforts, tous ces livres que nous lisons, toutes ces choses que nous comprenons à leur sujet, il manquera toujours quelque chose. Ce que nous avons et qu'ils n'ont plus. La vie.

Les choses ne parviendront jamais à les faire revivre. Elles tentent tout simplement de nous parler d'eux. Au final, c'est nous qui revivons ainsi en eux.

Depuis la Terre, Commandant T.

Décembre 2096

On monte par un vieil escalier branlant, après avoir vaincu le code d'accès, à l'entrée. La transition du moderne à l'ancien étonne. L'espace d'un instant, le visiteur semble remonter le temps.

L'escalier guide les pas du grimpeur à travers les étages. Des toiles d'araignées défendent l'accès aux paliers, obstruant le jour plus encore que la poussière. C'est la présence d'un bâtisseur patient que trahit cette architecture complexe. Les fils sont menus, mais semblent incroyablement robustes. En montant, on en voit dix, vingt, mille.

Plus haut encore que toutes les autres, il y a une chambre. On y monte par un petit escalier en colimaçon, à partir du dernier étage. L'escalier est minuscule, un homme doit avoir du mal à y monter. La raideur est extrême, les craquements fréquents.

En haut, il y a la chambre, petite, sombre. La lumière jaillit lorsque l'on déroule le store ; ses lamelles vieillies ne tiennent en place que par miracle. À gauche de l'escalier, un bureau jouxte une étagère couverte de livres. Sur le bureau, la calculatrice semble appeler les chiffres ; ils couvrent des feuilles éparses, sur le banc laqué. Des stylos traînent, et des gommes. Et puis le désordre.

Partout gisent des vêtements, des journaux repliés en deux ou en quatre dévisagent l'arrivant avec curiosité. Une photographie couronne le lit : une jeune fille. Probablement l'amie de l'occupant des lieux.

Une icône traîne dans un coin. Que fait ici une image religieuse, au milieu de ce désordre. L'habitant était-il croyant ? Appréciait-il seulement l'art byzantin ? Difficile à dire.

Les livres sur les étagères sont principalement des romans policiers. On y trouve également quelques ouvrages scientifiques, des épopées, Madame Bovary. Sous le lit, il y a un tome des œuvres complètes d'Asimov.

Notre hôte a-t-il un jour cru notre existence possible ?

Les autres chambres, en dessous, sont toutes différentes ; elles trahissent leurs occupants, les familles, les travailleurs immigrés, les célibataires, les retraités. Le vide qui les habite semble ici rempli par les meubles d'acajou garnis de bibelots, des vieux aspirateurs qui jettent leur regard fatigué sur tant de poussière. Les éviers regardent les bouteilles de Martini, les déclinaisons d'apéritifs sur le bar.

Cherchent-ils à nous parler, à témoigner des heures de labeur ménager - les hommes et les femmes penchés, lavant à grand renfort de nouveau – produit - vaisselle - qui - enlève - encore mieux - les taches - tout - en - gardant - autant - de - douceur - pour - les - mains, les bocaux, assiettes, couverts, consciences et turpitudes, offrant ensuite une netteté lisse qui n'apparaît qu'en surface, sans pouvoir écarter l'éternel retour de la saleté ménagère ?

Les assiettes en carton, au fond des bennes à ordure vertes qui attendent le camion qui ne viendra pas, les voitures sur le parking qui ne démarreront plus jamais, cherchent-elles à provoquer le mouvement ? La pensée les fuit mais les retrouve inlassablement de l'autre côté de la rue, dans l'immeuble voisin.

Comme partout ailleurs ce qui caractérise le mieux le souffle endormi de ces vieilles bâtisses, ce sont les escaliers avec leurs toiles, leurs araignées, leurs colimaçons. Ils montent, descendent, restent immobiles. Et nous sommes les seuls à les voir.

Depuis la Terre, Commandant T.

Janvier 2097

C'est nu, froid. Il y a les couloirs, vides, verts et silencieux. Le silence intrigue tout d'abord ; il n'est pas coutumier dans les couloirs d'un hôpital. Ensuite on se souvient.

Les escaliers froids mènent au couloir. Il est percé de chambres toutes pareilles. La chambre 841 se répand en clarté, grâce aux baies vitrées situées sur la gauche. Le lit est à droite, rigide ; un vrai lit d'hôpital. Les draps sont propres, bien qu'une fine couche de poussière irradie tout. Ici le vide règne plus que partout ailleurs.

La pièce est morte. Le pot de fleurs sur la fenêtre est la seule note de gaieté. Gaieté pour qui ? Ici on meurt. Dire que dans l'aile voisine on naît - le bloc maternité est à deux pas. On naissait.

Il est d'ailleurs étrange qu'ici la mort et la vie soient si proches. La nudité du lieu se conjugue avec celle du fait : on naît et on meurt toujours nu. Cette sensation est accrue par l'absence, dont la présence étouffe...

Ailleurs, dans une salle d'opération, les instruments gisent. Scalpels, scies, pinces, bandages, fils, tout ce qui soigne l'homme. Quelle tristesse on doit ressentir, là-bas, seul dans la chambre 841. Ici le mouvement régnait en maître mais il n'y a plus rien. Les lampes halogènes, les portes battantes, les murs opaques, les tables d'opération, les stéthoscopes... Je veux fuir.

Je sors.

Depuis la Terre, commandant T.

Mars 2097

Je viens seul la plupart du temps. Les autres font leur travail en groupe, pour ne pas sombrer dans le vide. Au contraire d'eux, je sens les vies multiples, j'aime cette solitude, une solitude peuplée en réalité. J'ai besoin de cette séparation d'avec mon espèce pour pouvoir me plonger dans cette inaccessible existence.

Je crois que lorsqu'ils venaient ici, à la bibliothèque municipale, les hommes voulaient se sentir seuls. Chacun devait se voir comme le dernier homme sur Terre.

Les rayons bourrés de volumes me font face. Quel est l'objet de ma recherche ici, sinon des existences ? Elles vivent et s'envolent, portées par les signes. Les rangées d'étagères se suivent, tournent à angle droit, esquissent des entrelacs de sens. Sur une table, dans la salle de lecture, il y a une bouteille d'eau, unique, et une feuille. Un stylo aussi.

La feuille est couverte d'une écriture ronde, saccadée, presque enfantine, une écriture qui manie les chiffres avec hésitation. Un livre est ouvert, à côté. Les équations s'alignent sur la page. Celui qui travaillait ici devait se sentir créateur regardant ses formules une dernière fois avant de lancer le monde. La bouteille d'eau est presque vide. Il semble que l'étudiant ou l'élève a travaillé pas mal de temps, assis sur la chaise de bois vernie lustrée et polie par cent mille derrières.

Ici les livres racontent des vies. Les volumes les plus anciens semblent s'effriter, certains d'entre eux sont complètement tombés en poussière.

Il y a ici des livres neufs, des livres anciens, abîmés ; d'autres encore sont griffonnés à pleine page. L'écriture semble toujours pressée sur ces livres-là, les traits de crayon sont tracés d'une main malhabile, comme fixée sur la page d'un trop rapide coup du poignet, comme dans un métro en marche, comme dans un autobus en plein embouteillage qui n'aurait cessé de freiner.

Ici les livres sont disposés sur les rayonnages de manière très rationnelle ; trop peut-être. 947, 945.8, 944, 532, etc. Tout est trop bien organisé. Evidemment, ce classement méthodique doit être pratique pour un étudiant en quête de savoir, venu avec sa liste d'ouvrages à consulter. Mais pour le Lecteur, ce classement ne sera-t-il pas une malédiction ? Il s'agit ici du Lecteur, le lecteur romantique, celui qui cherche, fouine, remue jusqu'à trouver le Livre, l'alchimie des mots, l'ouvrage qui lui donnera un surplus d'énergie vitale. Ce livre-là ne sera-t-il pas trouvé difficilement dans ce découpage si méthodique des titres ?

Même le catalogue informatisé de la bibliothèque peut parfois nuire à la poésie. Si encore il existait une touche aléatoire, qui lancerait le monstre de métal et de plastique sur une piste inédite... Il désignerait alors un livre pris au hasard sur les rayons, le lecteur saurait alors avec certitude que c'est bien de ce livre dont il avait besoin.

Mais une telle touche n'existe pas.

J'imagine le Lecteur se tourner alors vers les petits chariots métalliques, ceux qui baignent les allées, où sont disposés les livres qui viennent d'être retournés. Je l'imagine fouinant dans les titres et imaginant pour chacun l'identité de la personne qui l'a emprunté. Il se peut même qu'il brouille parfois les pistes, simplement pour s'amuser, imaginant des associations loufoques, avant de se rendre compte qu'aucune ne l'est vraiment.

On trouve ici des ouvrages qui traitent de biologie moléculaire, avec leur vocabulaire hermétique pour le non spécialiste. On trouve ici des livres-art, avec leur reproductions en couleur, David et Van Gogh, Ingres et Klee, Le Titien et Kandinsky.

On y trouve aussi des romans policiers, de science-fiction, sentimentaux, érotiques, psychologiques, de gare, à lire dans sa cuisine (les recettes de grand-mère), dans sa salle de bain, aux toilettes, au lit. On y trouve des contes philosophiques, des planches hagiographiques, des plans de la ville, tout un fatras ésotérique, et même (surtout) l'annuaire téléphonique.

Toute cette vocation encyclopédique me ramène à notre mission. Il faut être précis, net, calculateur, un vrai chirurgien. Mais garder le charme poétique de l'enfant qui découvre me paraît essentiel pour saisir leur existence.

La bibliothèque est l'endroit où l'on se rend compte à merveille des écueils auxquels se heurte notre quête. Tout est là, dans ces hectares de signes, mais nous oublions tous ces endroits qui font la vie, le café, le bureau, la salle de bain, la place et le banc public. Il est vrai que la vie se compose aussi de tous ces volumes, sinon il n'existerait pas de tels édifices. Que penser de tout cela ?

Je ne détiens pas les réponses.

Je passe de nouveau près de la table où repose la feuille d'algèbre. Mon regard n'est plus le même que tout à l'heure. Je vois maintenant un écolier qui peine sur sa tâche, en maugréant sur ce pensum rébarbatif.

Sommes-nous ici pour trouver du sens ? Le trouvons-nous ? En créons-nous par notre action, réduisant ces murs à de simples cadres abritant notre trop-plein de spéculations ?

Des serviettes à documents traînent un peu partout. Qui étaient leurs propriétaires ? Etaient-ils joyeux, tristes, méchants, froids ?

C'est l'énigme des hommes tout entière qui plane ici sur notre recherche... elle me rappelle ma place, celle d'un archéologue du sens. Un archéologue qui ne trouve pas grand chose.

Je sors. Je songe à tous ces lecteurs, avides, sortant de la bibliothèque comme des ogres, les sacs remplis de livres qu'ils liront ou ne liront pas, c'est selon - mais leurs sacs pleins d'une provision d'imaginaire, de repas de mots, de sandwiches typographiques.

Cette vision sort avec moi, s'échappe en courant le long des boulevards et se heurte à la fraîcheur des sous-bois, loin de la ville.

Depuis la Terre, Commandant T

Juin 2097

Il arrive que même vides les ruelles soient chaudes. L'air se charge de bonheur, on rêve. Le vide devient tournoiement ; dans le brouillard poussiéreux un homme surgit, puis un autre. Je les imagine marchant sur les trottoirs, leurs chaussures heurtant l'asphalte avec bonheur.

Le tramway désaffecté semble repartir. Du stand où se tenait autrefois le vendeur de crêpes monte à nouveau une odeur de crêpes. Le bruit de Paris revient à la surface, celui d'Amsterdam également. Central Park tourbillonne, les mairies cliquettent, les claviers des machines à écrire bourdonnent, la vie revient aux ordinateurs, pour peu qu'ils ont vécu.

On se sent parfois emporté par ce vague frissonnement, cette impression fugace d'immortalité. Comment assimiler de pareilles sensations, alors que tout crie le désert urbain ? Nul pneu ne crisse sur la chaussée, nul moteur ne gronde.

Rien.

Si. Quelque chose bouge encore. Ah le son du vent dans les arbres ! Voilà un bruit que je peux encore entendre, malgré l'absence d'enfant qui ramasse les marrons, malgré l'absence d'amoureux qui s'embrassent au jardin du Luxembourg.

Je comprends tous ces poètes qui au cours des temps ont chanté ce bruit. Je serais incapable de citer une ligne d'un auteur qui en parle, mais je me sens coïncider pleinement à ce mystère. C'est comme si entre ces trois mots, ARBRE, FEUILLAGE, VENT, se déplaçait le flux sacré du temps, célébré par des générations d'aèdes.

Le silence qui vient après ce bruit est la juste expression de ce trop-plein de sens. Le silence est parfois la seule chose possible, après un instant de magie bruyante.

J'écoute...

Depuis la Terre, Commandant T

Septembre 2097

J'ai découvert un endroit chargé de mémoire. C'est un petit appartement, au premier étage d'un immeuble de banlieue. La boite aux lettres indique une madame Arnaud. En pénétrant dans son refuge, j'ai un léger pincement au cœur. L'endroit est confiné et possède je ne sais quoi d'attachant.

Au milieu du salon, il y a une table ronde. Dessus est disposé un napperon de dentelle. Les murs sont couvert d'un vieux papier peint à losanges verts. Une vieille commode fait face à l'une des deux fenêtres. De nombreux cadres sont disposés dessus et gardent les photos de la famille. Les noms sont inscrits dessus, soigneusement, à l'encre bleue. C'est une vieille écriture fatiguée, toute en pleins et en déliés ; une écriture à l'ancienne qui chante les noms : Bertrand et Odile, Berthe et Patrick, les enfants de Tom.

Sur une autre commode, dans la chambre attenante, est posée une autre photographie, en noir et blanc celle-là, jaunie avec l'âge. On y voit une jeune fille en robe de mariée, émerveillée, et un jeune homme habillé de noir, une rose à la boutonnière. Son mariage.

Il n'y a pourtant ici qu'un seul lit ; Madame Arnaud vivait seule. Grâce aux papiers contenus dans un dossier au fond de la chambre, on peut saisir qu'elle était retraitée, que son mari était mort une dizaine d'années auparavant, qu'ils avaient vécu heureux ensemble pendant près de cinquante ans.

Sur des étagères fixées aux murs par des rivets ayant fait leur temps sont installés des bibelots du temps jadis ; ils devaient lui rappeler son enfance. On y trouve des boites à chocolat en fer-blanc, des paquets d'allumettes d'avant la guerre, avec leurs formidables reproductions de Toulouse Lautrec. On y trouve aussi des tasses en porcelaine de Limoges, des vieux missels qui tombent en miettes, des albums de photos poussiéreux.

Tout ici évoque le passé, même la télévision est un antique poste en noir et blanc. Il faut voir près du fauteuil, dans un panier à ouvrage en osier, les pulls-over, les tricots et les écharpes qu'elle devait tricoter pour ses petits enfants pour comprendre à la fois la tristesse d'un tel désœuvrement qui se cherche mille occupations, mais aussi tout l'amour qui devait régner dans la famille.

Lorsqu'elle se sentait oubliée, elle devait utiliser pour les appeler le gros téléphone qui trône dans la cuisine. Je la vois les appeler, les faire venir pour essayer un pull, pour rectifier le col d'un autre, en usant des mille prétextes qui remplissaient toujours l'appartement de la vieille dame d'une kyrielle de jeunes visiteurs et de leurs parents, qui repartaient ravis d'avoir pu passer l'après-midi avec grand-maman.

Dans une malle verte rangée sous le lit, on trouve des vieux journaux qui relatent tous les événements importants, le jour où l'homme a marché sur la lune, la libération de Paris en 1945, le Front Populaire, les manifestations de mai 1968, les congés payés, la chute du mur de Berlin, tout cela pêle-mêle, avec de vieux livres aux pages passées.

On y trouve aussi un paquet de lettres, serrées par un élastique. Des lettres écrites sur papier bleu, et envoyées par sa meilleure amie lorsqu'elle était en internat à Lyon. On trouve tous ces souvenirs, et on s'attendrit de tant de vécu pour une seule vie, de tant de rencontres, de ces objets chargés d'émotions et d'instants que l'on voudrait faire revivre.

Lorsque j'ai froid au cœur et faim de chaleur, lorsque le vide me paraît insupportable, je viens ici. Je fais le plein de chaleur ; je fais le plein de mémoire. Je promène mes doigts sur les objets, j'observe la vieille horloge, au-dessus de la table de la cuisine, qui ne cesse d'égrener son chapelet de secondes.

Alors je me sens mieux.

Depuis la Terre, Commandant T

Octobre 2097

C'est pire qu'un simple mythe. Il y a tout, sur la table en formica. La vieille machine à écrire portative Underwood Standard modèle 1937 modifié, une ramette de feuilles vierges, des carnets partout, noircis d'une écriture irrégulière toute en décrochements aigus. Un paquet de Camel et un cendrier, bien que les mythes préfèrent généralement une pipe à la Simenon.

L'écrivain qui vivait là jouait apparemment à se sentir écrivain. La pièce est nue, presque monacale, le silence créatif. Il y a même un manuscrit inachevé sur la petite table de nuit, posé à côté d'une bouteille de Scotch. J'avoue que face à cet inachèvement je suis tenté d'en faire de même...

Depuis la Terre, Commandant T

Novembre 2097

Ici s'achève notre série de rapports concernant les Terriens.

Comme nous l'avions pressenti, notre mission ici semble vouée à l'échec. Malgré toutes nos recherches concernant la civilisation humaine, nous n'avons pu qu'approcher tout le mystère de leur existence.

Nous savions déjà avant d'entreprendre cette mission que nous ne pourrions jamais pénétrer entièrement dans leur univers. Pourtant nous n'avons cessé d'essayer.

Au final, je pense que ce que nous avons cherché en eux, c'est nous-mêmes.

Depuis la Terre, Commandant T.

❒

L'ange de Memling

Jean-Yves Robichon

Vous la voyez, Madame George-Mons ? Là, installée à la terrasse du Grand-café Craenenburg. Mais si, regardez, c'est elle, Inès George-Mons, IGM comme la surnomment ses lecteurs. Elle est arrivée de Paris, hier soir. L'automne venu, les touristes se font plus rares, la ville plus intime, alors elle revient. La romancière est chez elle, à Bruges. Son entrelacs de ruelles et canaux n'a plus aucun secret ni pour elle ni pour son fameux commissaire Luuk Mager, enquêteur discret qui veille sur la ville.

Tiens, on lui apporte sa tasse de café : un double crème. Elle retrouve ses chères habitudes, sa table attitrée, les attentions de Joris, le serveur. Pourtant, son regard paraît plus tendu, ses gestes un rien heurtés, elle semble préoccupée. La douceur de cette fin d'après-midi ne suffit pas à lui faire lâcher prise. Le parfum de gaufre, le son des calèches, les ors du Palais Provincial, le baroque des façades, tout ce qui d'ordinaire la séduit sur la Grand-Place, aujourd'hui, la laisse indifférente. Inès George-Mons attend.

Une fois de plus, d'un œil furtif, elle consulte son smartphone puis le pose près de sa tasse. Elle fouille dans son sac à main, en retire une ravissante petite pipe de bruyère, la garnit d'une pincée de tabac blond, un mélange dont elle a le secret. Elle l'allume soigneusement, en connaisseuse, inspire une première bouffée, la savoure longuement, puis l'expire en volutes élégantes. Le parfum familier se répand et la détend. Mais qui a bien pu lui adresser ce mail ? De l'index, elle effleure l'écran de son téléphone, le message resurgit :

Chère Inès,

Vous m'avez créé page 128 de votre roman « Le faussaire de Bruges ». Rappelez-vous, le commissaire Luuk Mager m'interroge alors qu'il vient d'arrêter un peintre suffisamment habile pour avoir créé un faux Hans Memling. Vous avez imaginé que je lui servais de modèle pour le portrait d'un jeune prince. Vous me décrivez comme un adolescent en rupture avec sa famille et puis je disparais, dès la page 130, sans plus laisser de traces jusqu'à ce jour, chère Inès. Alors, rendez-vous à Bruges le 31 octobre vers 17 h, là où vous avez vos habitudes.

Votre obligé,
L'inconnu de la page 128

16 h 50, bientôt elle connaîtra le fin mot de cette histoire. Une plaisanterie ? Peut-être. Ou une façon originale d'entrer en contact : journaliste, jeune auteur ? Allez savoir ! Son attachée de presse l'a pourtant mise en garde, ce peut être dangereux, on ne sait jamais. Mais cette fois, sa curiosité l'a emportée. Alors, elle scrute la Grand-Place, l'œil aux aguets. Devant elle, c'est le flot habituel : files d'élèves sortant des musées, fonctionnaires qui s'attardent après leur journée de travail, quelques touristes aussi, plus âgés, moins nombreux qu'en pleine saison. La lumière est chaude, légèrement dorée, chacun profite de ce regain de douceur et flâne. Inès songe à ce roman qu'elle a écrit, il y a plus de trois ans.

Cette année-là, du *Thalis* qui l'emmenait en

Flandre, elle avait entrevu des feuillages qu'un rayon de soleil avait embrasés. Un éblouissement ! Cette vision lui avait rappelé une série de peupliers peints par Klimt. Au début, ce n'était qu'un flash, tout juste une sensation, mais l'image l'obsédait et tourbillonnait en boucle dans sa tête, ce symptôme, elle le connaissait bien. L'écriture l'avait à nouveau frappée, tel un mal qui vous atteint, vous et vous seul, sans que vous sachiez pourquoi. Cette fois, il s'agissait de peinture, comme énigme, jeu de faux-semblants, une intrigue s'esquissait, un roman s'ébauchait. Comment était-elle passée des peupliers de Klimt à la peinture du XVe siècle ? Elle n'en savait rien. Une même vibration dans les tons chauds, peut-être ? Bruges, probablement. Tout l'automne, elle arpenta ses musées, rencontra conservateurs, artistes, découvrit leurs ateliers. Elle réunit une documentation impressionnante. Pour chaque personnage, y compris le plus anecdotique, elle avait établi des repères biographiques précis, une iconographie minutieuse. IGM était connue pour la rigueur de son travail. Elle pouvait justifier chaque détail de son roman. Elle lut tout ce qui concernait la vie du célèbre faussaire Han Van Meegeren dont elle s'inspira pour la figure de Dirk Schilder, peintre génial ayant trompé les meilleurs spécialistes de Memling.

La nuit dernière, elle a relu *Le faussaire de Bruges.* Elle l'a relu en enquêtrice, examinant chaque phrase, à l'affut du moindre indice. Sur son ordinateur, elle a retrouvé ses notes, exploré sa documentation, étudié la fiche du personnage de la page 128.

Inès George-Mons demeure perplexe, regarde sa montre, elle attend. Mais qui attend-elle vraiment ?

16 h 55, rien. Ou plutôt des anonymes passant près du fameux café Craenenburg, sans porter attention à cette femme élégante qui fume la pipe devant un café crème.

IGM relit la fiche sur son smartphone :

Un témoin clé. 17 ans environ. Première scène, dans l'atelier de Schilder : pose en tenue d'apparat (XVe siècle – portrait Jeune Homme du Musée des Offices – Florence). Deuxième scène, interrogatoire par le commissaire Mager. Confirme par ses réponses l'activité de faussaire de Schilder.

Adolescent, sensible, né en France dans une famille d'agriculteurs. Incompris, il a fugué. À Bruges, il vit de peu : modèle, serveur en brasserie pendant la saison. Physiquement : s'inspirer de l'ange peint par Memling dans « Le Mariage Mystique de Sainte-Catherine » (à droite, en aube blanche, cheveux longs bouclés).

Ah le profil de l'ange ! Comme la première fois, devant le retable de Memling, elle le revoit, recueilli, offrant à la Vierge un livre blanc largement ouvert. Mais franchement, que vient faire ce pâle adolescent dans sa vie ?

Soudain, elle se trouve ridicule, comment a-t-elle pu croire à cette blague de potache ? Encore un coup de son neveu, ou de l'un de ses amis brugeois qui aura imaginé ce scénario pour partager un verre avec elle. Elle, si rigoureuse, comment n'a-t-elle pas déjoué une intrigue aux ficelles si grossières ? Elle rit de sa crédulité et commande un verre de genièvre.

17 h, le Grand Beffroi carillonne, une envolée de pigeons traverse le ciel.

Vous le voyez le Personnage ? Non ? Regardez bien, au centre de la place, au pied de la statue des libérateurs de la ville. Mais si, je vous assure, c'est bien lui. Depuis quelques minutes déjà, il observe Inès George-Mons. Il prend son temps et ne boude pas son plaisir. Rien ne lui a échappé, la pipe saisie d'une main fébrile, le café trop vite avalé, le verre de genièvre dès 17 h, autant d'indices trahissant la nervosité de la romancière. Elle est donc troublée à l'idée de le rencontrer, lui, le Personnage un peu falot, au destin tronqué. Mais que croyait-elle ? Qu'il allait apparaître en jeune noble du XVe ou en aube blanche, tel un ange ? Non, il est simplement là, discret parmi les jeunes gens de son âge. Il observe sa créatrice.

Il le sait bien qu'il n'est rien, une idée tout au plus, un personnage secondaire, il n'est pas vraiment né, n'a pas vraiment vécu entre les pages 128 et 130 du roman d'IGM. Et pour tout dire, il trouve cela frustrant, voire un peu léger. Peut-être même est-il invisible ? Il souhaite s'en assurer et doucement s'approche du Grand-café Craenenburg.

Depuis que le Grand Beffroi a sonné les cinq heures, Inès George-Mons s'est apaisée. Hormis un attroupement d'adolescents qui chahutent, personne en vue. Elle savoure son genièvre, tandis que l'ombre des façades s'étire sur les pavés, une ombre douce, envoûtante. Bientôt, Joris allumera les photophores, un cérémonial un peu magique précédant les lumières de la nuit.

Joris ! Sait-il qu'elle lui a emprunté sa silhouette rassurante pour camper la stature de Mager ? Il est discret, Joris, on l'oublie et pourtant, son œil perspicace a déjà repéré vos moindres rituels. Un détail lui suffit. Votre humeur, vos attentes, vos besoins, il sait tout de vous. Il vous connaît mieux que personne.

Les derniers rayons déclinent, une légère effervescence gagne la place. Les jeunes gens s'agitent et rient. L'un d'eux, plus en retrait, finit par se détacher du groupe, un adolescent aux cheveux longs et bouclés. Inès remarque sa démarche féline, presque aérienne. Non, ce n'est pas une impression, il se dirige bien vers elle.

Le Personnage s'approche, il croise le regard d'Inès, surprend un discret cillement. Elle l'a vu, il le sait. Elle le fixe. D'un geste, elle dissipe la fumée de sa pipe, se redresse légèrement sur son fauteuil. Il en est sûr maintenant, elle l'a reconnu.

Ce n'est pas une simple ressemblance, Inès en est certaine, c'est bien lui. Le profil du jeune homme est très exactement celui de l'ange de Memling. Et puis, il y a ce qu'elle a imaginé, mais qu'elle n'a pas écrit, le gris sombre de ses yeux ou l'inscription « Trust yourself » sur le sweat qu'il portait lors de son interrogatoire, jusqu'à son aura mystérieuse, échappant à toutes ses tentatives de description !

Mais c'est un ange, pense-t-elle et l'ange s'approche. Dans un instant, il sera là, devant elle, tel qu'elle l'a créé.

— Tout va bien, Madame ?

Joris veille. Les soirs d'Halloween, il craint les joyeux drilles venant importuner sa clientèle.

— Tout va bien, apportez-nous deux verres de genièvre, s'il vous plaît Joris ?

D'un signe discret, Inès invite le Personnage à sa table. Assurément, c'est lui, elle n'en revient pas. Calmement, il s'assied, la dévisage, sourit, reste silencieux, énigmatique. Après quelques secondes de ce mutique face-à-face, Inès se décide, elle lui dit tout ce qu'elle sait de son enfance de misère, sa fugue, l'errance jusqu'à Bruges, sa rencontre avec Schilder, un escroc génial et cultivé. L'interrogatoire avec Luuk Mager. Ah, ce Mager ! Il aurait dû s'en méfier, comme elle-même s'en méfie. Il n'a l'air de rien, mais elle est sur ses gardes, surtout lorsque, soupçonneux, il flaire la fumée de sa pipe. Il serait bien capable d'en percer les secrets. Elle parle, elle parle, elle parle, intarissable, face à l'ange. Et lui, il la regarde, impassible, en souriant.

18 h, la nuit est tombée.

Sur la Grand-Place, fantômes et sorcières apostrophent les passants. Tyranniques, les enfants menacent de jeter des sorts. On rit, on joue avec les peurs, la mort. Citrouilles et lanternes s'illuminent çà et là. Le grand carrousel s'éclaire, c'est magique. La ville s'étourdit dans un tournoiement de lumières, musique et sortilèges.

La terrasse du café Craenenburg s'anime, les amis se retrouvent autour d'une bière brune. Joris s'affaire. Des personnages inquiétants surgissent, disparaissent. Sur les palais de légende, les ors fascinent les regards. Des éclairages outrés distordent les façades en fantasmagories d'ombres et de chimères. Bruges s'enflamme, s'effraie, s'exclame.

Plus personne ne remarque la femme seule qui fume la pipe et soliloque devant son petit verre de genièvre.

Bientôt la brume, plus tard le noir. Le commissaire Mager veille sur la ville.

❒

Le silence

Rose Tacvorian

Enfin elle est arrivée !

Jamais la route ne lui a semblé aussi longue, aussi pénible. Depuis l'instant précis où elle a quitté Paris, avec une angoisse sourde, installée comme une compagne silencieuse sur le siège du passager, elle a su qu'elle allait se perdre et tourner en rond malgré le GPS qu'elle avait pris soin de brancher. Elle n'a jamais eu le sens de l'orientation, et ça fait maintenant trois ans qu'elle n'est pas revenue à Saint-Dié-des-Vosges. Grégoire lui manque ; c'est toujours lui qui conduisait sur ces routes désertes, escarpées et verglacées. Heureusement, il ne fait pas encore nuit.

Elle coupe le moteur et redécouvre la maison, coiffée de sa calotte de neige et comme posée en équilibre instable, juste au milieu de la colline, par un architecte un peu fou. C'est ce qui les avait séduits d'emblée lorsqu'ils l'avaient vue pour la première fois, cet aspect un peu de guingois, insolite, mais plutôt rigolo. Leur fils Christophe, qui à l'époque avait quatre ans, l'avait trouvée très belle et avait décrété que c'était *la maison des sept nains* !, sans doute parce qu'elle était toute petite. Ils l'avaient achetée tout de suite après l'avoir visitée et y avaient passé toutes les vacances pendant les trois années qui avaient suivi. Trois ans pendant lesquels elle avait abrité des amis, des rires, des musiques, des odeurs de gâteaux au chocolat et le crépitement joyeux du bois dans la cheminée. Elle était heureuse, alors, et elle ne le savait pas !

Les grands sapins tout proches, enchevêtrés en une haute muraille végétale impénétrable, sont inhospitaliers, dessinant sur la neige une ombre qui hésite entre le bleu et le vert.

Son cœur se tord car c'est de cette couleur qu'était l'ombre glacée projetée sur la neige lorsqu'elle s'était aperçue que Christophe n'était plus dans sa chambre. C'était précisément cette lumière incertaine qui commençait lentement à décliner. Oui, elle avait été sa première frayeur, cette ombre, immobile et bleue, comme un tatouage sur la neige, quand elle était sortie, affolée, pour se lancer à sa recherche, Grégoire sur ses talons. Elle avait dû presque immédiatement revenir en arrière pour chausser ses après-skis car elle était sortie en ballerines. L'ombre semblait suspendue. Elle lui avait fait penser à une main, tendue au-dessus d'elle et attendant le moment propice pour la frapper. Elle avait aussitôt repoussé cette pensée : *je suis vraiment ridicule* ! avait pris une grande inspiration d'air glacé, coupant comme du verre, qui lui avait brûlé les bronches et s'était hâtée de rattraper Grégoire qui était parti devant en laissant des traces dans l'épais matelas blanc. Elle se souvient que le sol, sous la neige, rendait un son mat de coton écrasé.

Elle n'arrive pas à sortir de sa voiture. Elle contemple la maison à travers le pare-brise. Elle essaie de la regarder avec un œil neuf, comme si elle la voyait pour la première fois, mais elle ne peut pas, elle est trop chargée d'émotion. Comme personne n'a déblayé depuis longtemps, elle a l'impression qu'elle s'enfonce peu à peu dans tout ce coton glacé comme dans des marais maléfiques.

Les sapins sont au garde à vous, serrés les uns contre les autres, comme incrustés dans la neige, dans un silence têtu, pour l'éternité. Elle a de nouveau l'impression qu'ils la narguent, comme le grand sapin qu'ils avaient acheté pour le Noël parisien qui avait suivi le drame. À chaque fois qu'elle passait devant lui, il lui paraissait tellement ridicule avec ses boules et ses guirlandes multicolores, tellement déplacé, incongru, à l'étroit dans cet appartement surchauffé, qu'elle ressentait à chaque fois un malaise indéfinissable. Elle avait hâte de l'enfermer dans son sac à sapin et de s'en débarrasser, d'autant que contrairement à ce qu'elle avait espéré, il n'avait déclenché aucune réaction chez Christophe.

Quand elle avait essayé d'en parler à Grégoire, il s'était contenté de hausser les épaules et de lever les yeux au ciel. Elle avait senti qu'elle ne devait pas insister, qu'il était muré dans son chagrin et qu'il ne comprendrait rien à ses impressions bizarres. C'était la première fois qu'elle n'arrivait plus à communiquer avec lui. Elle sentait qu'ils s'éloignaient de plus en plus de la complicité qui les avait toujours unis depuis leur mariage.

Autour de la maison, sous les grands sapins imperturbables et même beaucoup plus loin, Grégoire et elle avaient longtemps appelé leur fils et elle se souvient qu'elle avait trouvé que la sonorité de son prénom, Christophe, n'était pas audible, à cause de cette finale, tof, qui faisait un flop, toute feutrée, assourdie qu'elle était dans l'air glacé ; et du coup, elle s'était employée à accentuer la dernière syllabe de façon exagérée : *Christopheu* ! Mais ils avaient eu beau s'époumoner, hurler dans toutes les directions, il n'y avait nulle part trace de l'enfant. Au bout d'une heure de marche dans la neige molle et épaisse qui rendait le paysage illisible, ils étaient rentrés, épuisés, complètement désespérés, les doigts gourds, ses larmes à elle gelant sur ses joues.

Elle appuie sur le bouton de l'auto radio car elle ne supporte brusquement plus ce silence obstiné entre les sapins indifférents. Il lui rappelle trop un autre silence.

Lorsqu'ils étaient rentrés, ils avaient retrouvé Christophe devant la cheminée, son bonnet de laine de travers et le nez rouge, mais apparemment sain et sauf. Le soulagement qu'ils avaient ressenti avait été de très courte durée : l'enfant ne répondait à aucune de leurs questions. Il se laissait embrasser, réchauffer, caresser, examiner, palper, étreindre, en les fixant de ses grands yeux noirs, sans prononcer une seule parole.

Elle n'aurait jamais pensé qu'il était possible de ressentir une angoisse d'une telle intensité, d'avoir autant d'idées horribles qui se bousculaient dans son cerveau qui fonctionnait à toute allure : s'était-il perdu et avait-il eu tellement peur qu'il était encore sous le coup de l'émotion ? Avait-il fait une rencontre qui l'avait traumatisé ? Mais qui ? Lui aurait-on ordonné de ne pas parler ? Mais pourquoi ? Lui avait-on fait du mal ? Du mal comment ? Elle repoussait de toutes ses forces de mettre des images concrètes sur ce que pourtant son cœur affolé lui soufflait. Elle l'avait plongé dans un bain bien chaud et avait examiné chaque centimètre carré de sa peau sans remarquer aucun bleu, aucune égratignure, aucune trace suspecte.

Elle avait entendu Grégoire appeler le commissariat de police qui en l'absence d'agression constatée, avait déclaré inutile de porter plainte, et avait émis un sous-entendu qui avait mis Grégoire en colère : elle l'avait entendu répondre, à travers le clapotis de l'eau du bain : *comment ça, mieux surveiller mes enfants ??*

Ils avaient téléphoné à un médecin qui après un rapide interrogatoire, avait conclu qu'il n'était pas indispensable qu'il se déplace. Il leur avait simplement conseillé, si le trouble persistait le lendemain, d'aller consulter au Centre hospitalier le plus proche, à soixante kilomètres. Grégoire pensait comme lui qu'il fallait attendre le lendemain, et que tout rentrerait dans l'ordre après une bonne nuit de sommeil, optimisme qu'elle ne partageait pas.

Elle avait exigé que Christophe dorme avec eux. Au milieu de la nuit, n'en pouvant plus de rester les yeux grands ouverts à ressasser son angoisse, elle avait réveillé le petit garçon et tout en lui caressant les cheveux, lui avait murmuré à l'oreille :

— Je t'en supplie, mon bébé, parle-moi ! Je t'en supplie, dis-moi quelque chose !

Elle ne faisait que chuchoter mais Grégoire s'était réveillé et ils s'étaient violemment disputés. Avec toute la mauvaise foi dont elle pouvait quelquefois être capable, elle lui avait reproché d'*avoir acheté cette bicoque dans ce trou perdu, d'arriver à dormir dans un moment pareil…*

Incapable de se recoucher, elle était allée dans la cuisine regarder à travers la fenêtre les grands sapins, et c'était à eux, cette fois, qu'elle avait adressé une prière muette : *dîtes-moi ce qui s'est passé ? À quoi avez-vous assisté* ? Silence. C'est depuis ce moment-là qu'elle ne supporte plus le silence.

Elle s'était recouchée, glacée de la tête aux pieds. Elle avait l'impression d'être prisonnière dans un bloc de glace et de douleur, et qu'elle resterait figée à jamais dans cet état.

Christophe n'avait plus jamais reparlé. Ni le lendemain, ni les autres jours. Les mois suivants n'avaient été qu'une désespérante succession de rendez-vous médicaux, psychiatriques, examens et tests en tout genre : aucun n'avait pu expliquer la raison de ce mutisme. Aucun spécialiste ne s'était risqué à leur donner le moindre espoir de guérison.

Grégoire avait fini par parler de divorce : lui non plus ne supportait plus le silence de leur fils. Au lieu de les rapprocher, le drame avait tissé entre eux une distance de plus en plus grande, de plus en plus opaque, qui isolait chacun dans un espace individuel capitonné de douleur, d'une douleur bizarrement impossible à partager.

Ils avaient décidé de vendre la maison. Grégoire lui avait demandé de la confier à l'unique agence immobilière de la région mais s'était déclaré incapable de l'accompagner.

Elle se sent tellement lasse, tout à coup, dans sa voiture ! Elle a terriblement froid aux pieds, comme cette nuit épouvantable où elle n'arrivait pas à se réchauffer, malgré la chaleur du grand et du petit corps dans son lit, malgré l'édredon de plume, malgré le feu dans la cheminée.

C'est depuis ce temps-là qu'elle a tout le temps froid. ❒

Gino

Dominique Carron

Vous ne connaissez pas Gino ?

Non vous ne pouvez pas le connaître car vous n'êtes jamais venu jusqu'ici. La ville n'est pas facilement accessible, il faut prendre un bus qui est rarement à l'heure et une fois arrivé à la station « L'étang d'or », il faut marcher encore.

Moi je pratique ce trajet deux fois par jour. Ça me convient. Je prends le 23 comme les autres. En hiver c'est un peu plus difficile quand il faut l'attendre sous la pluie et dans le froid. On parle un peu entre nous, on ronchonne, on se sourit puis on ronchonne à nouveau. Une fois à la station « L'étang d'or », on se sépare. Certains comme moi vont prendre un café, on n'est pas si pressé d'occuper un bureau pour n'en sortir que le soir après une pause rapide pour déjeuner. J'achète d'abord le journal avant de pénétrer dans un des cafés de la ville qui en compte trois. Au *Soubise* le café est à 2.50 euros, c'est le plus cher alors qu'au *Saint-Malo*, il coute 1.80 euro. Il y a de belles photos en noir et blanc sur les murs, pas comme au *Soubise* avec son éclairage façon boite de nuit à huit heures du matin et de la musique à vous empêcher d'entendre ce que vous lisez. Je ne peux rien dire sur le troisième établissement car je n'y vais jamais.

Vous ne connaissez pas Gino ?

Je n'aime pas trop les façons « branchées », c'est pourquoi je préfère le *Saint Malo*. Pas uniquement parce que le café est moins cher. J'ai des moyens, je pourrais acheter le journal à 2.20 euros tous les matins et prendre un café à 2.50 euros. 4,70 euros chaque jour, avant d'aller travailler et lire les nouvelles qui donnent à penser que vous pénétrez dans un début de fin du monde. Je pourrais mais je ne le fais pas. Seulement quand le *Saint-Malo* est en travaux… Si je vous parlais de Gino car les problèmes avec le bus, le prix des cafés, ça ne doit pas vous intéresser beaucoup.

Quand je pense à Gino, c'est aussi l'image de Paulette qui me vient en tête.

Dans un port en Bretagne j'avais rencontré une vieille dame qui s'appelait Paulette. Tout le monde connaissait Paulette. Ses cheveux blancs tirés en arrière, son visage martelé de rides, pas très grande, voutée, Paulette son cabas le long du corps, attendait les touristes quand ils descendaient du bateau.

— Alors vous venez en vacances ? Pour combien de temps ? Vous savez je suis contente de vous voir. L'hiver a été long. C'est triste ici en hiver, c'est vide.

Une fois je fais la queue chez le boucher, Paulette est devant moi.

— Alors Paulette, vous devez être heureuse avec tout ce monde ! Il va faire beau ! Comme d'habitude ? demande le boucher.

Sa tête s'est inclinée à deux reprises :

— Oui comme d'habitude.

Il lui sert un petit morceau de viande. Elle paie un peu moins de cinq euros en cherchant dans son porte-monnaie les pièces pour faire l'appoint. Elle est mince et fragile Paulette. Je comprends que tout dans la vie doit être trop cher pour elle, la seule chose gratuite qu'elle peut s'offrir, c'est le sourire des touristes.

Paulette est célèbre. Dans l'unique hôtel du port, on peut voir sa photo dans un cadre doré : les rides de Paulette devant un gros rocher noir qui tombe dans la mer. Les deux images se confondent, il est difficile de les distinguer. Certains disent que Paulette est venue sur terre avant le rocher.

Gino, c'est une autre histoire. Il partage avec Paulette la même envie de parler aux gens de la rue. À part cela il ne connaît pas la Bretagne et n'aborde pas les touristes car dans cette ville il n'y en a pas.

Gino porte un bonnet rouge, tricoté sans doute par sa mère ou une cousine car il n'est pas possible de trouver une coiffe de ce genre chez les commerçants. Il est de ces individus pour lesquels le temps ne semble avoir aucune prise, habillés toujours de la même façon, pas concernés par la mode car toujours intemporels. Comme les auvergnats évoqués par Alexandre Vialatte, ils s'habillent avec des couches, un peu plus en hiver, un peu moins en été, rien d'autre n'a d'importance que la température ressentie. Ses chaussures du siècle dernier ne baillent pas pour autant, elles chaussent correctement, les lacets ajustés, seul le cuir est râpé. Ses vêtements ne sont pas tâchés, si le col ouvert de la chemise est élimé c'est qu'elle a été beaucoup lavée et peut-être que dans son placard, seules deux ou trois chemises sont utilisées toute l'année quelques soient les circonstances.

Une barbe de plusieurs jours mais taillée

monte jusqu'à ses yeux noirs. Quand je dis « taillée », n'imaginez pas l'effet régulier comme sur le visage des jeunes gens d'aujourd'hui, l'aspect hirsute indiquerait qu'il ne passe pas trop de temps devant son miroir. S'il n'avait cet emploi régulier dont il est fier, je crains qu'il ne s'abandonne et devienne clochard.

Parler avec Gino, c'est d'abord tenter de se protéger de l'odeur nauséabonde de son cigare. Il ne respire qu'avec un cigare à la main, mâché, sucé, le bout éclaté mais qui dégage une fumée interminable. Curieusement je l'ai toujours vu qu'avec la moitié d'un cigare qu'il rallume régulièrement. Je ne sais pas à quel moment il consomme l'autre moitié. Je le soupçonne de les couper en deux pour que la boite dure plus longtemps. Ses doigts sont jaunis par le tabac mais son visage aussi, ce qu'on peut en deviner, la partie non dissimulée par la barbe. À propos si vous croisez Gino, ne lui serrez pas la main car sa poignée est si forte que sans s'en rendre compte, il écrase tous vos doigts. Des secondes vous seront nécessaires pour remettre de l'ordre dans votre main droite brutalement saisie dans un étau.

Gino est bavard comme Paulette. J'ai bien observé son manège, s'il ne vous connaît pas et que vous vous trouvez à proximité soit pour fumer une cigarette, boire un café chaud ou utiliser votre portable, Gino tournera autour de vous et trouvera le moyen d'amorcer le contact dont il a tant besoin. En bas de l'immeuble où nous travaillons se trouve une boutique de restauration rapide. À l'heure du déjeuner, cet endroit est le paradis pour Gino. Toute la rue le connait, personne ne l'évite à moins d'être pressé. Encore un conseil, si vous avez un rendez-vous, que vous devez prendre le train ou le bus 23, choisissez un autre chemin.

Le souci c'est que son rayon d'action dépasse largement le périmètre de la petite rue et du marchand de sandwichs. L'autre jour je l'ai vu devant le restaurant turc, *La Gloire*. Il faisait les cent pas, regardait la vitrine alors que le restaurant était fermé. À dire vrai je ne l'ai jamais vu ouvert.

Il semblait réfléchir en prenant un air soupçonneux. Une autre fois il se trouvait encore plus loin du côté de la poste, devant les magasins, le cigare au coin des lèvres, son petit bonnet rouge planté au sommet du crâne qu'on aurait pris de loin pour une kippa en couleur.

Vous ne connaissez pas Gino.

Il est employé aux écritures chez le notaire X. L'étude notariale occupe les trois premiers étages de l'immeuble dans lequel je travaille. Je le croise souvent dans l'escalier mais j'ai appris à simuler l'homme pressé. Entre deux portes, devant l'entrée de l'immeuble, ne pas échanger des propos sur la politique, les héritages ou autres sujets car Gino est intarissable sur tout. À dire vrai moi aussi je suis employé aux écritures. Des écritures d'un autre ordre, qui n'obéissent à aucun horaire précis, des écritures d'un monde sans réalité mais ceci est une autre histoire. Enfin c'est pour dire que le temps m'est compté.

Une fois j'ai voulu en savoir un peu plus, je lui ai proposé de déjeuner ensemble. Nous sommes allés chez l'Italien, c'est toujours pratique un Italien. Nous sommes restés deux heures autour d'un plat de pâtes et seulement un verre de vin, le mien car il ne boit pas.

Gino a un peu raconté sa vie. J'ai appris qu'il

avait une quarantaine d'années, père d'un jeune garçon qu'il voyait peu depuis que sa femme l'avait quitté. Aucune tristesse dans ses mots, rien dans son regard, seulement les faits racontés brièvement. Puis il m'a parlé de son travail, la vérification des actes notariés, la rigueur nécessaire, l'application, la précision, des mots sans rapport avec l'apparence du personnage assis en face de moi. Ensuite, en exhibant un sourire chaleureux, il a abordé la politique.

Sans passion, avec calme, il m'a parlé d'égalité des chances, du travail et du droit de profiter des résultats de ses efforts. Des propos chaleureux, équilibrés et respectueux des uns et des autres, toujours solidaires.

Vous connaissez un peu Gino, presqu'autant que moi.

Sachez que nous ne l'avons plus revu. L'odeur de son cigare tourne encore au-dessus des pains au chocolat et des tartes aux pommes. Dans la rue où tout le monde est étranger, la seule personne connue, fidèle aux écritures, a décidé de ne plus vérifier les documents officiels qui règlent la vie de la cité. Jamais je n'aurais imaginé une disparition aussi rapide. Dans les escaliers j'ai croisé le notaire qui descendait en sautillant de marche en marche. J'ai tenté de lui poser la question, « Mais où est passé Gino ? ». « De qui me parlez-vous ? Je ne connais pas de Gino. Désolé mais je suis déjà en retard pour mon rendez-vous.»

— Toujours pressé celui-là me suis-je dit. C'est pas comme Gino.

En prenant le bus 23, j'ai pensé à Gérard.
Vous ne connaissez pas Gérard ?

Un garçon de café au *Saint-Malo*. Il collectionnait les jouets des enfants qu'il ramassait dans les jardins publics. Son petit appartement en était rempli. Puis à son tour il est parti sur son vélo parce qu'il n'y avait plus de place pour ranger de nouveaux jouets. Plus un centimètre carré pour une petite voiture, sur les meubles aucune poupée ne pouvait rejoindre les autres, alignées dans leurs sourires figés.

Tous les soirs c'est la même chose. Je prends le 23 à 17 h 58, je me faufile juste avant que les portes ne se ferment. En me glissant précipitamment entre les sièges, c'est vraiment une chance de ne pas mettre le pied sur la queue de la Petite Sirène assise à côté de moi. Vous la connaissez la Petite Sirène. Elle descend douze stations après moi, elle va retrouver son père Andersen au bord de la mer. Enfin c'est ce qu'elle me dit car moi je ne vais pas aussi loin.

Je vais somnoler jusqu'à mon arrêt. Comment s'appelle-t-il déjà ? C'est amusant j'ai quelquefois de ces oublis, c'est comme si rien n'existait vraiment. Peut-être que Gino, Paulette, Gérard et maintenant la Petite Sirène, peut-être que je ne les ai jamais rencontrés ou alors il y a longtemps.

Moi l'employé aux écritures d'un monde sans réalité, je dois fournir un effort pour ne pas me perdre au milieu de tous ces gens. ❒

Le travail

Julie Boudillon

J'étais fatigué depuis des semaines. Cela se manifestait toujours à la même heure, vers 16h30. Une main invisible me prenait par la nuque et tentait de m'aplatir au sol. J'essayais d'identifier la sensation, de me la figurer : des jambes molles, des épaules lourdes, un casque de plomb posé sur le crâne. Je traversais la fin de la journée de cette manière, rentrant chez moi sans profiter du temps libre qui m'était enfin accordé.

J'ai fini par consulter un médecin et lui ai décrit cet état. Il m'a prescrit une batterie de prises de sang. Je suis allé au cabinet d'analyses, un infirmier aimable a rempli trois ou quatre petites fioles de mon sang. Pourquoi vous demande-t-on ces analyses ? A-t-il dit alors que je rebaissais ma manche. Fatigue généralisée, j'ai répondu.

Deux semaines après, j'ai revu le médecin. Il était jeune et plutôt sympathique, très avenant. Il a déplié les trois feuilles de résultats et les a rapidement parcourues des yeux.

Ok, ok, ok, répétait-il en sautant d'une ligne à l'autre. Je ne vois rien ... Votre alimentation a l'air très saine, d'après les analyses. Vous faites du sport ? Il me parlait sans lever les yeux.

Très peu, par manque de temps.

Il a saisi un stylo et l'a manipulé de ses deux mains.

Essayez de trouver le temps, c'est important… Là, un regard amical au dessus de sa feuille de résultats.

Vous dormez bien ?

Pas trop, non… je me réveille souvent dans la nuit.

Je vois. Ça fait longtemps ?

Oh oui ! Depuis… des années.

Lorsque vous vous réveillez le matin, est-ce que vous vous sentez reposé ?

Non, je ne peux pas dire ça… Ceci dit, depuis quelques semaines, j'ai beaucoup moins de travail et je dors mieux, c'est vrai.

En disant ça, je réalisai soudain que je n'avais pas encore abordé cet aspect des choses.

Ah, vous travaillez ?

Oui.

Silence très court.

Depuis quand ?

Euh, je dirais… depuis 20, 25 ans.

Il a levé sa tête et posé son stylo. Je savais, nous savions tous les deux que ces gestes étaient effectués à chaque fois qu'il abordait cette question avec ses patients.

Vous avez commencé jeune… Vous travaillez beaucoup ?

Euh, pas énormément non plus ...

Combien d'heures par jour ?

Ça dépend – j'imagine aussi qu'il avait appris à déceler la part de mauvaise foi de ses patients. Parfois deux, parfois jusqu'à sept.

Et là, vous me dites que quand vous travaillez moins, vous dormez mieux ?

Oui, c'est vrai...

Avez-vous eu, ces derniers jours, ces coups de fatigue dont vous me parliez ?

Non, absolument pas...

Il souriait de manière bienveillante : non, il ne

me jugeait pas, il voulait m'aider. Je désirais lui signifier que ça, je l'avais bien compris. J'ai souri, comme pour dire : Je sais bien.... J'attendais la suite. Il a repris son stylo.

Vous avez déjà pensé à vous faire aider pour arrêter ?

Oui, enfin ... non, pas encore.

Il existe aujourd'hui des méthodes plutôt efficaces : l'hypno-thérapie, l'acupuncture... beaucoup de mes patients qui ont essayé ont réussi à arrêter le travail comme ça, du jour au lendemain.

Vous pensez que ma fatigue est due au travail ?

Eh bien, je ne vois rien sur les analyses et vous me dites que depuis que vous travaillez moins, vous vous sentez mieux... ça me semble logique ... en tout cas, vous devriez essayer, quoi qu'il en soit, non ?

Oui, oui (petit rire de ma part). C'est certain, on y pense toujours, et on repousse...

Je pense que le moment est venu d'essayer... D'autant plus que vous êtes encore jeune. Vous avez plus de chance de vous en sortir ! Vous savez, il y a près de mille morts par an en France causées par le travail, ce n'est pas rien... je sais bien, je fais donneur de leçon comme ça...

Non, non, je comprends...

Tout ceci peut être évité facilement. Pensez-y. Vous avez des enfants ?

Oui, deux.

Je demande ça car les enfants de travailleurs ont plus de chance de travailler plus tard...

Oui, oui, je sais bien... j'essaye de ne pas travailler devant mes enfants, mais...

Ils le voient quand même, vous savez...

Oui, je sais, ils sont redoutables !

Nous avons ri tous les deux.

Je suis parti en le remerciant pour tous ses bons conseils. Comme souvent dans ces cas-là, en sortant du cabinet, j'étais remonté à bloc et rempli d'un souffle nouveau : je ferais du sport, j'arrêterais le travail, je profiterais de mes enfants, je pourrais même jouer au foot avec eux, ce qui m'était à ce jour bien évidemment impossible. Une nouvelle journée commençait, pleine de promesses : je déjeunerais à la brasserie à côté de chez moi en feuilletant la presse régionale, et au lieu de prendre le bus 64 qui m'amenait au travail, je prendrais mon vélo pour remonter le canal qui court jusqu'au bois. J'irais chercher les enfants et passerais la fin d'après-midi à jouer au parc avec eux. J'avais au moins trois heures de libre avant la sortie de l'école. ❐

Mes belles de mai

Marie-France Fournié

Elle a franchi le seuil de ma boutique un samedi soir du mois de mai.

À cette heure-là les clients étaient rares. Je venais de donner congé à mon équipe et seul je vidais les étals et remplissais la chambre froide.

Un peu essoufflée elle me salua. Elle s'excusa d'arriver juste avant la fermeture, d'un rapide coup d'œil fit son choix, régla la note et aussi rapidement qu'elle était entrée, elle s'envola en me remerciant d'avoir bien voulu la servir malgré l'heure tardive. Joli brin de fille je me suis dit en la regardant s'éloigner. Je me remis à ranger la boutique, fis la caisse, baissai le rideau et je filai manger un morceau dans mon appartement situé au dessus du magasin, et comme j'en rêvais depuis l'aurore, j'allai faire le coup du soir au bord de la rivière.

Le samedi d'après, quand de nouveau elle franchit le seuil de mon magasin, je réalisai l'avoir attendue toute la semaine. Mon cœur s'emballa et j'eus beaucoup de mal à cacher un sourire béat ridicule. Les dés étaient jetés, je ne savais pas comment j'allais m'y prendre, mais je ne la laisserais pas filer.

Je n'avais jamais été très malin avec les filles et mon métier n'arrangeait rien. La profession de boucher ne les faisait pas rêver. L'image de l'homme à la blouse blanche tachée de sang sur un ventre rebondi, je suppose. Sauf que j'étais élancé et bien bâti. Les clichés avaient la vie dure.

J'avais grandi avec les autres gamins du village, nous fréquentions la même école et faisions les quatre cents coups dès que les parents avaient le dos tourné.

Au collège ce fut une autre paire de manches. Nous les gars de la campagne, on nous appelait les culs terreux. On ne nous aimait pas beaucoup et on nous le faisait comprendre. Et voilà qu'en plus il y avait parmi eux un fils de boucher replet aux cheveux blonds bouclés. Je devins la cible idéale d'un groupe de garçons sots et costauds.

Jusqu'en troisième je me fis chahuter. Des sobriquets faciles et cruels fusaient à mon encontre tels que : Ah le fils du boucher est fort comme un bœuf ! Il est frisé comme un agneau ! Cache-t-il des pieds de cochon ? Mais il fait du boudin ! Et j'en passe.

J'eus beau faire la sourde oreille la plupart du temps, il y eut quelques échauffourées mémorables.

Heureusement j'avais quelques vrais potes, c'était tout ce qui comptait.

Sans avoir d'envie ni de projet précis quant à mon avenir, après le Brevet, comme mon père, j'ai embrassé la filière boucherie que je connaissais déjà bien de l'intérieur et qui me rassurait. Gamin sans histoires, je savais plaire à mes parents en faisant ce choix, alors sans me poser de questions, j'ai suivi un cursus qui m'éloignait d'un environnement scolaire où je n'avais pas été heureux.

La réputation de leur commerce me confortait dans mon projet. L'établissement avait pignon sur rue depuis plus de trente ans et ne désemplissait pas. Mon père aimait le travail bien fait, se fournissait aux bons endroits et respectait son personnel. Ses clients fidèles le savaient, certains venaient de loin pour s'approvisionner. Apprenti boucher, j'intégrai son équipe. Mon rythme de vie changea et je devins un bon étalier comme on disait dans le métier.

Les cours théoriques à suivre dans la ville d'à côté m'obligeaient à me lever très tôt deux fois par semaine. Ajoutés aux cours par correspondance pour la culture générale et aux nombreuses heures de présence à la boutique, cet emploi du temps me fit entrer dans la vie active sans avoir d'états d'âme.

Entraîné par mon meilleur copain je me mis à la course à pied. Nous courions régulièrement le long du canal qui serpentait dans les collines derrière chez nous.

Après trois ans d'apprentissage, j'avais pris de l'assurance. Je dépassais mon père d'une tête, j'avais perdu tous mes kilos superflus et j'assumais enfin mes cheveux blonds et frisés que je peinais à maîtriser.

Reçu à tous mes examens, je devins le second dans la boucherie familiale. Pendant plusieurs années mes parents en profitèrent pour voyager, jusqu'au jour où un chauffard grilla un stop et percuta leur véhicule de plein fouet. Le choc leur fut fatal.

Du jour au lendemain je me retrouvai orphelin, majeur mais orphelin quand même, et propriétaire d'une petite entreprise florissante que je n'avais jamais vraiment dirigée. Je pris le relais la rage au ventre. Il me tenait tant à cœur de perpétuer le travail de toute une vie, que j'en oubliai tout le reste et gardai la tête dans le guidon, des années. J'avais vingt-huit ans quand un soir, fouillant dans le garage où je ne m'étais pas attardé depuis des lustres, je tombai sur mes cannes à pêche.

Un bail que je n'avais pas pêché. Je devais le reconnaître, la reprise de la boucherie de mes parents m'avait accaparé. Pour me vider l'esprit je continuais à courir le long du canal, sans mon copain engagé dans l'armée depuis deux ans.

Le dimanche suivant, la boutique fermée, je repris le chemin de la rivière avec une impatience qui me surprit. Comment avais-je pu renoncer à ça ! Les gestes revinrent, d'abord maladroits puis de plus en plus sûrs à mesure que mon corps retrouvait des sensations enfouies, jamais oubliées.

Cela devint mon passe-temps favori. Me retrouver au bord de l'eau, après de longues journées à montrer l'exemple, donner des ordres, faire tourner mon affaire, me faisait le plus grand bien.

J'en étais là de ma vie bien remplie, quand elle avait poussé la porte de la boucherie pour la première fois. Par la suite, elle était venue régulièrement. Je la servais, on se saluait, mais je n'avais pas encore trouvé la manière de l'aborder.

C'est elle qui fit le premier pas. Alors qu'elle quittait la boutique, elle hésita et me demanda si j'aimais lire. Surpris par la question, je lui déclarai ne pas être calé dans ce domaine et n'avoir de toutes façons pas trop de temps. Elle esquissa un sourire et me salua d'un « À bientôt ! » qui me mit en joie.

Je n'oublierai jamais ce jour où très occupé dans l'arrière boutique, j'avais emballé ma tignasse sous une charlotte hygiénique – je ne mettais cette horrible chose que lorsque je travaillais à découper la viande –, l'avertisseur sonore de la porte se déclencha. Oubliant ce que j'avais sur la tête, j'indiquai à mon second que je m'occupais du client et je m'avançai dans le magasin.

C'était elle, à une heure où elle n'était jamais

venue jusqu'à présent. Elle réfréna un sourire devant mon accoutrement. Confus, je pris le parti d'en rire et je la servis comme si de rien n'était. Quand je lui rendis la monnaie, elle me demanda si l'on pouvait se retrouver après la fermeture. À condition bien sûr que je quitte mon couvre-chef professionnel, précisa-t-elle en s'éloignant.

Je restai interdit le temps de réaliser que s'il lui venait l'idée de m'inviter après m'avoir découvert si peu à mon avantage, c'était un bon présage.

J'attendis à peine devant le restaurant où elle m'avait donné rendez-vous.

— Le civil vous va bien !

Je restai coi devant son assurance. Elle avait un charme fou. Elle posa une main sur mon avant-bras et nous pénétrâmes dans le restaurant qu'elle avait tenu à choisir elle-même, « sans vous commander » avait-elle ajouté mutine.

Nous nous sommes régalés. Le vin délicieux ajouta quelques étoiles au fond de ses yeux, rosit ses joues et me donna le courage d'aller plus avant dans cette rencontre.

Pauline vivait et enseignait le français dans la ville voisine. On s'organisa. Moi qui me préoccupais peu des vacances scolaires, j'accrochai un calendrier dans ma cuisine et soulignai en rouge tous les congés qui concernaient mon amoureuse. On se vit de plus en plus souvent.

Ces rencontres ne durèrent pas longtemps. L'envie de vivre ensemble fut vite une évidence et c'est elle qui décida que l'appartement au dessus du magasin serait parfait. J'eus d'abord quelques scrupules, il était resté tel que mes parents me l'avaient laissé, propre mais vieillot et depuis que j'y vivais seul, je ne m'étais jamais préoccupé ni de sa déco ni de son confort. Elle avait une demi-heure de route matin et soir, mais elle insista et abandonna sans regret son studio pour mon chez-moi qui devint en un tour de mains – elle avait bon goût – notre chez-nous.

On était bien tous les deux. Elle se délectait des saveurs de viandes qu'elle n'avait jamais soupçonnées, et enchantée de me découvrir fin cuisinier, elle m'abandonna sans vergogne les fourneaux. Si elle connaissait peu de choses en boucherie, cochonnailles et autres charcuteries, elle connaissait la littérature. Elle fut pour moi un excellent professeur. Elle apprit à son boucher préféré le goût des mots. Je lui appris les dimanches après-midi au bord de l'eau. J'aimais pêcher, elle aimait lire.

Pauline ne pratiquait aucun sport et refusa catégoriquement de se mettre à la course à pied, mais elle se rendait volontiers au bord du canal pour marcher.

Quand je m'affairais le soir dans la cuisine, parfois elle me rejoignait et me faisait la lecture à voix haute. Lors de mes parties de pêche, si la clémence du ciel le permettait et si elle avait le temps, elle m'accompagnait. Elle s'installait sur une couverture et lisait. Je dois admettre que la canne à la main, quand je commençais à m'impatienter guettant une touche trop longue à venir, il m'arrivait d'abandonner mon matériel pour la rejoindre. Câlins et lectures. Quelques poissons leur doivent une fière chandelle !

J'aimais l'observer à son insu quand elle corrigeait des copies. Le panel de mimiques qu'elle déployait était sans limites et disait toutes les fautes de français possibles. Certaines corrections étaient ponctuées d'interjections spontanées qui appuyaient ses découragements, ses contentements aussi. Ce que je préférais c'était son sourire qui accompagnait une bonne note ou une bonne appréciation.

Au fil du temps elle avait sympathisé avec Charlotte la fleuriste et Maude la couturière. Chacune tenait une boutique dans la même rue que ma boucherie. Pauline achetait des fleurs à la moindre occasion. Son aversion pour le dé et l'aiguille lui faisait apprécier les services de la couturière. Elle se moquait de moi, ne comprenait pas que je sois resté indifférent à leurs charmes, réels au demeurant. Nous étions commerçants, avions les mêmes préoccupations, alors bien sûr je les côtoyais. Je les croisais parfois le long du canal, mais nous n'entretenions que de simples relations amicales et professionnelles.

Pauline et moi nous mariâmes à la mairie du bourg le six mai de l'année suivante. Maude lui confectionna une robe fluide et couvrit ses épaules d'une étole d'organdi. Charlotte lui composa un simple bouquet de brins de muguet, la fleur préférée de la mariée, en harmonie avec les quelques clochettes blanches et parfumées, parsemées dans sa chevelure.

Bon sang que Pauline était belle.

La vie se fit douce et des mois après notre rencontre je n'en revenais toujours pas d'avoir rencontré une fille comme elle.

On s'attela goulument à notre désir d'enfant. Pauline voulait voir son ventre s'arrondir, ses seins s'épanouir. On eut beau s'aimer beaucoup et souvent, l'enfant tardait. Nous commencions à nous dire qu'il fallait peut-être nous tourner vers la médecine quand la vie, cette chienne de vie mit un terme à cet espoir, à tous nos espoirs.

La veille de ce jour-là, je l'avais prévenue que je partirais de bonne heure le lendemain, j'avais un rendez-vous avec l'un de mes fournisseurs. Nous étions à quelques semaines des fêtes de fin d'année et je devais étudier sérieusement ce qu'il me proposait. De son côté elle avait une longue journée, nous nous retrouverions le soir.

Mon rendez-vous dura et sur le chemin du retour un camion versé dans le fossé me mit en retard. De retour à la boutique une importante commande et des clients nombreux m'occupèrent sans répit. Il faisait nuit noire quand enfin je baissai le rideau. Je montai à l'appartement où régnaient une pénombre et un silence inhabituels à cette heure tardive. Je fis le tour des pièces. Pauline n'était pas là et n'avait pas laissé de message.

Je mis la table m'attendant à la voir arriver d'un instant à l'autre. Vers vingt et une heure, une impatience mêlée d'une réelle inquiétude me fit ouvrir son agenda posé sur son bureau. À la date d'aujourd'hui étaient simplement notées ses heures de cours.

Je téléphonai à la gendarmerie, à l'hôpital. Pas d'accident, pas de blessés.

Où pouvait-elle bien être ? Où pouvais-je la trouver ? Sa voiture était-elle au garage ? Je m'y précipitai, allumai la lumière. Elle était là, la porte côté conducteur ouverte.

La scène que je découvris devait à tout jamais changer ma vie.

Pauline. La vision de son corps inerte me remplit d'un effroi que je n'avais jamais éprouvé jusqu'alors.

Je suffoquai.

Sa jambe gauche pendait en dehors de la voiture, une ballerine rouge en équilibre au bout du pied. Son bras gauche inanimé sur son flanc, la position étrange de son autre jambe, son bras droit comme désarticulé, sa tête sur le volant, son visage dissimulé en partie par ses cheveux, son regard dans le vide, le contenu de son sac répandu sur le sol. Tout disait la faucheuse qui l'avait cueillie.

Depuis combien de temps était-elle là, seule dans ce garage lugubre ?

Les pompiers ne purent que constater son décès. Plus tard j'appris qu'une grave rupture d'anévrisme l'avait foudroyée vers huit heures trente.

Ce qu'il advint dans les jours qui suivirent est d'une banalité déconcertante.

Il y eut – tel était son désir – une incinération. Nous étions en mai. Comme deux ans auparavant le jour de notre mariage, il n'y eut que du muguet et j'ose dire du plus bel effet. Son parfum embauma la salle tout le temps que l'on resta à attendre que les flammes fassent leur œuvre.

Quelques amis et des clients fidèles m'accompagnèrent. Pauline était fille unique et n'avait plus ses parents. Seul un cousin lointain fit le déplacement. Nombre de ses collègues se joignirent à nous et ça faisait du monde. Tout cela ne changeait rien. J'étais abasourdi, vidé, ivre de chagrin.

Je suis rentré le soir, l'urne dans mon sac à dos, incapable de réfléchir.

Longtemps plus rien n'eut de sens. Je désertais souvent la boutique et m'épuisais dans la course à pied le long du canal pour ne plus penser, ne pas sombrer.

Peu à peu la peine me fit moins mal et ma vie reprit son cours. Une vie qui manquait cruellement d'elle que je gardais dans son urne. Je ne me résolvais pas à la laisser s'envoler comme elle le désirait.

« Si je pars avant toi, laisse-moi m'enfuir avec l'eau et le vent ! » m'avait-elle demandé un soir de confidences.

Je me devais d'accéder à ses dernières volontés et après des mois d'hésitation je me décidai enfin. Un jour de mai de l'année suivante, au crépuscule, je repris le chemin de la rivière où nous aimions nous rendre et où depuis sa mort, je n'avais pas eu la force de retourner.

Le ciel transparent, la température, la brise. Pauline aurait adoré.

J'ôtai mes chaussures, remontai mon pantalon, et m'assis sur la berge. Il fallait que je le fasse. Il fallait absolument que j'aille au bout de cette histoire. L'eau miroitait paisible et mon œil de pêcheur s'égara dans le spectacle des éphéméras danicas, plus communément appelées « mouches de mai ». Ces demoiselles faisaient le bonheur de la vie aquatique et des pêcheurs à la mouche.

J'attrapai l'urne, retirai le couvercle et l'inclinai au dessus de l'eau.

Je n'avais pas versé une larme depuis l'incinération de Pauline, mais là devant le courant qui entraînait ses cendres j'ai flanché. Tout le chagrin, toute l'émotion, le manque d'elle se sont déchaînés et j'ai pleuré. Pleuré en l'imaginant être entraînée. Je la cherchais maintenant dans la moire de l'eau. Poussière d'étoile, elle devait tourbillonner dans le courant, frôler les galets de la rivière, s'enrouler autour des ajoncs, s'envoler et se disperser pour finalement disparaître. Invisible, elle était partout.

J'aurais voulu que les éléments se déchaînent violemment, qu'une ondée se mêle à mes sanglots, que le vent chasse de mon esprit tous mes souvenirs d'elle.

Comment je rentrai ce soir-là et à quelle heure, je n'en sais fichtre rien, mais le lendemain avec mon équipe restée silencieuse devant ma mine déconfite, je me remis vraiment au boulot.

Avec quelque part une évidence, Pauline disparue, je voulais changer de vie.

C'est devenu une certitude un soir où traînant ma peine et ma solitude, alors que je ne voulais plus y mettre les pieds, je descendis au garage chercher je ne sais plus quoi et tombai sur une pile de revues pas feuilletées depuis longtemps. Toutes n'avaient qu'un seul thème : la pêche à la mouche et les lieux mythiques où l'on pouvait la pratiquer. C'était ça ! J'allais m'y remettre sérieusement, partir ailleurs sous les ciels d'autres pays, côtoyer des berges sauvages et escarpées et des rivières capricieuses.

Une carte du monde ouverte devant moi, je me pris à rêver devant tout ce qu'elle m'offrait d'opportunités.

Cette nuit-là, je ne fermai pas l'œil de la nuit, taraudé par cette envie de tout quitter.

Au petit matin j'avais compris que je n'avais jamais osé m'aventurer ailleurs que vers un avenir tout tracé et rassurant.

En entrant dans ma vie, Pauline avait fait pétiller mon quotidien. Elle riait, s'emballait, s'offusquait pour pas grand chose. Elle m'avait ouvert au monde des livres et sans le savoir, elle avait repoussé au tréfonds de moi ce désir refoulé de m'évader. La connaître m'avait comblé. Elle partie, ne restait plus qu'un vide abyssal que je devais affronter.

Au matin je me levai, les idées claires. J'allais mettre un terme à ma vie de boucher de province.

Je prévins mon équipe et mes connaissances, et je passai une annonce. Tout le monde fut surpris, mais les gens comprenaient. Pour ma part, j'étais « détaché », déjà parti.

Depuis la mort de Pauline, Charlotte et Maude prenaient discrètement soin de ma personne et s'ingéniaient chacune à sa façon, à me rendre la vie plus facile. Plusieurs fois me vint à l'esprit qu'elles étaient peut-être en compétition discrète. C'étaient quelques fleurs fraîches posées près de la caisse de ma boutique, c'étaient tous les tabliers et torchons que j'utilisais, recousus et rapiécés avec soin.

Je décidai de les inviter toutes les deux à dîner. Je mis les petits plats dans les grands et leur préparai une souris d'agneau, plat que je réussissais et affectionnais depuis toujours.

C'est arrivé parce qu'après avoir dégusté cette souris d'agneau fondante et cuite à point, accompagnée d'un excellent vin, les papilles joyeuses, j'avais posé satisfait et rassasié les mains de chaque côté de mon assiette. D'abord la couturière frôla ma main gauche de sa main droite. L'instant d'après la fleuriste caressa mon autre main de sa main gauche.

Avions-nous trop bu ? Pour nous trois, ça s'est fait comme dans un rêve. Elles étaient jeunes, j'étais dans la force de l'âge, elles se sont offertes, je n'en ai fait qu'une bouchée. Nous avons laissé s'embrasser, laissé s'embraser nos solitudes.

Le sommeil nous a cueillis à l'aube.

Les gazouillis incessants des oiseaux me firent ouvrir un œil. Sans bouger je tournai la tête d'un côté et de l'autre, effaré de réaliser que trois créatures dans le plus simple appareil dormaient paisiblement dans le même lit et que j'étais l'une d'entre elles ! Notre nuit à tous les trois, nos ébats, tout me revint en mémoire…

Il était très tôt. Je refermai les yeux en songeant à mes deux amies enlacées et je me rendormis.

Beaucoup plus tard c'est le silence et le sentiment d'être à nouveau seul dans ma chambre qui me réveillèrent tout à fait. Je me levai. Le dessert pas entamé dans le réfrigérateur, la cuisine rangée, plus de traces de notre dîner. Seuls témoins de notre soirée, la nappe cousue par Charlotte, le bouquet de fleurs apporté par Maude et ces mots sur une feuille « Ça restera notre secret, C et M ».

La vie reprit son cours. Elles m'invitèrent plusieurs fois à marcher avec elles le long du canal, nos discussions étaient animées, mais nous ne fîmes jamais aucune allusion à notre soirée. Nous agissions comme si rien ne s'était passé entre elles et moi.

Peut-être notai-je chez les deux jeunes femmes une démarche plus gracieuse, une mine plus ravie. Une nouvelle complicité semblait les rapprocher. Je n'en fis pas cas. Les voir aller et venir dans leur vie, après la nuit que nous avions partagée me renvoyait douloureusement vers Pauline.

La boucherie vendue, les employés réembauchés par le nouveau propriétaire, je me sentis libre. Sans vergogne, je vidai l'appartement, donnai les meubles, bradai les voitures et me débarrassai de trop de choses inutiles. Je remplis une malle de livres parmi lesquels je glissai des photos de Pauline, j'entassai des vêtements dans une grosse valise, je rangeai mon matos de pêche dans un immense sac prévu à cet effet et je stockai le tout dans l'arrière-boutique de Charlotte dans l'attente d'une nouvelle adresse où les faire expédier.

Côté coût de l'affaire, avec la vente du fond de commerce, de l'appartement attenant, ce que j'avais mis de côté depuis des années et que Pauline et moi n'avions pas eu le temps de dépenser, j'étais tranquille pour un moment.

Pour le reste je verrais sur place.

Au Val on m'embrassa, on me salua. Quelques regards et poignées de mains disaient l'étonnement, l'envie parfois. Quant à Charlotte et Maude, je leur promis d'envoyer des nouvelles dès que j'aurais trouvé ce que je cherchais.

Je n'avais jamais été attiré par les pays du sud, alors je partis sac au dos, décidé à prendre tout le temps nécessaire pour voyager, et dénicher dans une de ces îles du nord de l'Europe un coin où m'installer. J'aimais les terres humides, les paysages verdoyants.

Il y avait des choses sur lesquelles je ne transigerais pas. Je désirais mener une vie simple dans une maison pas trop isolée – je n'avais pas l'intention de me transformer en ours mal léché –, pas trop grande, à retaper s'il le fallait et proche d'une rivière poissonneuse où je pourrais pêcher à ma guise.

La France et de nombreux pays d'Europe avaient négligé leurs rivières et leurs lacs. Laxistes, ils avaient laissé des pollutions diverses et des pratiques de pêches peu respectables, pour ne pas dire honteuses, mettre à mal la population aquatique. Malgré de nombreuses zones de pêche « no kill », pêcher dans nos campagnes était devenu triste et frustrant.

Libre, j'allais où bon me semblait, croyant trouver dans cette sorte de fuite un pendant à ma vie d'avant bien rangée. Si l'on oubliait ma nuit d'égarement j'avais été un enfant, un adolescent puis un adulte sage, toujours dans le rang.

J'ai pris des bateaux, des bus, des trains, fait du stop, crapahuté dans des vallons profonds, suivi des rivières en aval et en amont, marché sur des grèves sauvages ouvertes aux vents du large, longé des falaises, frôlé des précipices, traversé des torrents, des ruisseaux, des champs immenses. Je me suis égaré dans des brumes traîtresses. Certains soirs j'ai titubé d'alcool et du désespoir de Pauline disparue. Je me suis attardé dans des villages, des hameaux, des villes, ne sachant jamais d'avance où j'allais dormir. Ces longs mois de pérégrinations, d'errements et de rencontres me menèrent où je vis maintenant.

J'ai déniché la maison au fond d'un pré alors que je longeais les berges d'une de ces rivières, qui après avoir dévalé la montagne en cascades bruyantes et gigantesques, s'alanguissait dans une vallée paisible. Ici les grands arbres sont rares, et c'est un pin solitaire, visiblement malmené par la météo qui attira mon attention. Je me suis approché et c'est là que je l'ai découverte, dissimulée par une haie redevenue sauvage. Les volets clos de guingois, la porte d'entrée cadenassée aux gongs rouillés, les herbes folles, les gouttières déboîtées, la mousse omniprésente, tout disait l'abandon.

Je me suis renseigné au village voisin. Elle appartenait à une vieille famille de la région. Cette maison même délabrée me plaisait, je suis allé trouver les propriétaires. D'abord ils ont froncé les sourcils devant ce type, cet étranger qui ressemblait à un routard sorti d'on ne sait où, assez fou pour avoir envie de s'installer dans le coin. L'affaire fut pourtant vite conclue. Monsieur, après avoir jeté un rapide regard à son épouse, fut catégorique. Pour le moment il n'était pas question de la vendre, mais les temps étaient durs et la louer arrangerait leurs finances.

— Voyez ça avec mon épouse, c'est son domaine, dit-il, en me serrant la main.

Son air revêche et l'air glacial qui s'engouffra quand il sortit ne donnaient pas envie de le suivre.

Aussitôt son épouse m'invita à m'asseoir et sans rien me demander m'offrit un café. Elle s'installa en face de moi et m'avoua être émue de savoir que cette maison allait revivre. Des années auparavant, rentré au pays, son frère, marin au long cours et libertin notoire, s'était rapproché d'elle et avait fini ses jours dans cette maison.

Elle se tut, rougit un peu de ses confidences et comme pour ne pas se laisser gagner par la tristesse, elle se leva, attrapa une feuille de papier et rapidement nous nous mîmes d'accord sur le montant modique du loyer.

— Je ne peux pas vous en demander plus, cette bicoque a grand besoin de travaux, faites comme bon vous semble.

Elle me tendit les clefs, me fit quelques recommandations et me remercia. À mon tour je la remerciai lui promettant de l'entretenir au mieux, sans oser lui avouer que j'étais ravi de savoir qu'un aventurier coureur de jupons m'avait précédé dans cette maison. Je n'étais ni l'un ni l'autre.

J'ai longtemps campé dans la pièce principale qui faisait office de cuisine et de pièce à vivre. Je me suis attelé à des travaux indispensables, aidé par Jon un maçon du village qui lui aussi fut étonné de voir un type débarquer ici pour y rester. Il parlait bien anglais, je le baragouinais, on s'est vite bien entendus. Nous avons partagé quelques parties de pêches mémorables, jusqu'à ce qu'il quitte l'île pour accompagner son épouse appelée à poursuivre sa carrière à l'étranger. Bah, ce n'est pas si loin, je reviendrai, m'avait-il dit.

Le climat de ce pays est rude, parfois extrême et dangereux. J'ai découvert ses aurores boréales, ses glaciers, ses neiges, ses nombreux jours de pluie, son soleil brûlant, ses paysages lunaires et minéraux, ses ciels grandioses, ses terres vivantes et austères, ses innombrables verdures, ses brouillards épais, son océan tempétueux et ses plages sauvages, ses sources, ses lacs, ses torrents et ses rivières qui tombent en cascades assourdissantes pour s'étaler dans les vallées jusqu'à la mer, toutes ses eaux qui jaillissent, ruissellent partout à la moindre averse.

Il faut voir des mois entiers l'hiver glacial se déchaîner, imposer son maelström infernal et un jour comme épuisé de tant de colères, capituler devant le printemps qui s'épanouit en quelques jours. Il doit faire vite, l'été le talonne de près qui voit déjà les jours raccourcir.

Installé dans une de ces vallées ouvertes au moindre rayon de soleil, je vais bientôt accueillir Charlotte et Maude.

J'ai laissé filé des années avant de recontacter mes amies. J'aimais ma nouvelle vie, ma nouvelle solitude. Je prenais mon temps, je m'enracinais dans cet environnement, remettant toujours à plus tard ma promesse de leur donner signe de vie.

C'est Maude que je joignis en premier. D'abord stupéfaite d'entendre ma voix, elle me reprocha mon trop long silence. Elle et Charlotte ne m'avaient pas oublié, elles avaient longtemps essayé de me joindre, mais très occupées par leur propre vie, elles avaient fini par renoncer.

Je leur proposai de me rendre visite. Maude allait en parler avec Charlotte et me tiendrait au courant.

Si elles expédièrent rapidement mes affaires restées en France, elles prirent tout leur temps pour me recontacter. Quand elles me rappelèrent enfin, elles m'annoncèrent qu'elles pouvaient prendre des vacances, hors saison. Ici le printemps était tardif, on tomba d'accord pour dix jours fin mai. Je fis vite le calcul, nous étions en février, j'avais tout le temps pour préparer leur venue. Après m'avoir laissé entendre que cela serait compliqué, elles acceptèrent de s'installer chez moi. La communication était mauvaise, on n'entra pas dans les détails. L'une d'elles ajouta quelque chose que je ne compris pas et je raccrochai.

Après l'interminable hiver, le soleil s'imposa et le mois de mai fut là. La nature endormie s'éveilla d'un coup, se pressa de reverdir, de fleurir, de s'épanouir. Ça bruissait de ruissellements, d'insectes, de chants d'oiseaux. Après les longs mois passés à l'abri dans les fermes, les chevaux et les moutons étaient lâchés en liberté.

J'avais transformé le grenier en chambre, remisé – un peu à contre cœur quand même – mon matériel de pêche dans l'abri sur le côté de la maison et rempli le réfrigérateur de denrées appétissantes. J'avais beau avoir arrangé au mieux mon intérieur de célibataire, j'étais inquiet à l'idée de les recevoir. Ma vie d'avant me semblait si loin, ces retrouvailles n'étaient-elles pas vaines ?

Maude et Charlotte descendirent les dernières de l'avion.

Au bas de la passerelle, une fillette s'agrippa à une jambe de Maude en me regardant à travers sa frange. Une autre lâcha la main de Charlotte et s'échappa en courant sur le tarmac, ignorant le rappel à l'ordre. Je m'avançai vers mes amies quand l'enfant turbulente revint vers nous. Je réalisai alors que les deux petites les accompagnaient. Le vent glacial n'écourta pas nos embrassades. Mon regard interrogateur allait des unes aux autres. Charlotte sourit et déclara :

— Thomas, nous te présentons Chloé et Margot.

Je restai pantois de surprise quelques

secondes, me demandant ce qui se passait et comment j'allais pouvoir coucher tout ce petit monde quand Maude me prit le bras et s'exclama :

— Allez Thomas en route ! Il fait frisquet dans ton pays !

Ces demoiselles et leurs valises prirent place dans la voiture et on fila dans le soir, plein ouest, comme le soleil qui s'invitait en surlignant d'un fil doré les contours des nuages menaçants. On me félicita pour mon quatre-quatre rutilant, loué pour elles. Je leur avouai n'avoir pas osé venir les chercher dans ma vieille jeep achetée d'occasion, idéale pour emprunter des chemins et des pistes chaotiques, franchir des gués, traverser des rivières houleuses et rejoindre des spots de pêche improbables. Les questions, les réponses, les nouvelles d'ici et de là-bas fusaient. Mes amies allaient bien et n'avaient pas beaucoup changé. Je ne fis pas allusion aux fillettes, mais leur présence m'intriguait.

Elles tombèrent sous le charme de ma modeste demeure où rien de vital ne manquait. On posa les bagages et on s'attabla autour d'un ragoût de mon cru. Les enfants couchées, on se retrouva tous les trois devant la cheminée qui avait délicieusement réchauffé la pièce.

C'est Maude qui parla, et cette nuit-là je leur laissai mon grand lit, bouleversé d'avoir appris que j'étais le papa de leurs deux fillettes de quatre ans, nées à une semaine d'intervalle, au mois de mai.

Les bras m'en tombaient. J'étais sans voix.

Je les invitai à aller dormir, et précisant que je me contenterais du canapé, j'attrapai mon caban.

— Mais Thomas, où vas-tu à une heure pareille ?

Je revins sur mes pas, les embrassai chacune sur le front.

— Ne vous inquiétez pas, ça va aller. On reparlera demain.

Je suis sorti dans la nuit éclairée par une lune qui parsemait la rivière de reflets lumineux et tremblants et j'ai pris le sentier en amont que je connaissais par cœur. J'ai marché longtemps guidé par le seul bruit du courant. Malgré la fraîcheur je transpirais, j'haletais sous l'effort, ahuri par la nouvelle.

Quand je suis rentré je me suis servi un verre pour me réchauffer, incapable d'aller dormir.

Une nuit d'ivresse irraisonnable m'avait offert deux fillettes, j'étais papa.

Si j'apprenais la nouvelle si tard je n'avais à m'en prendre qu'à moi-même. N'avais-je pas joué longtemps au baroudeur solitaire qui n'avait besoin de personne ?

Me reviennent en mémoire notre soirée de la veille, les confidences de mes deux amies. Rien n'avait été prémédité. Charlotte et Maude s'étaient découvertes amoureuses l'une de l'autre dans mon lit, lors de cette mémorable et unique nuit que nous seuls savions avoir partagée.

Mon silence les avait déconcertées et happées par ce qui leur arrivait, elles s'étaient occupées de leur propre vie et avaient cherché le meilleur moyen d'accueillir leurs bébés. Elles avaient choisi d'acheter ensemble une maison située à deux pas du canal.

La nouvelle de leur installation fit vite le tour du village. Les gens n'en revenaient pas, il y eut des messes basses et des froncements de sourcils. Les deux commerçantes étaient appréciées et si leur situation faisait désordre, elle avait finalement été acceptée par la majorité de la population locale.

Elles m'ont décrit la maison restée longtemps

inhabitée et je m'en suis souvenu. Ça me plaisait de les imaginer vivre dans ce coin paisible. Elles avaient expliqué à leurs filles que leur papa vivait loin. Mon coup de téléphone avait précipité les choses. C'était pour elles une évidence, nous devions faire connaissance tous les trois.

Je reste longtemps debout devant la fenêtre. Dehors la nuit s'enfuit enfin. J'entre dans la chambre où Chloé et Margot dorment. Je m'approche, les devine dans la pénombre, je m'assois au bout de leur lit et me laisse bercer par leur souffle régulier. Comment vais-je appréhender ces deux créatures qui viennent d'entrer dans ma vie ? Puis-je prétendre à quelque chose ?

Au fil de ces dix jours, nous nous sommes apprivoisés. Je les ai regardées vivre toutes les quatre. Leurs gestes, leurs mimiques, leur complicité disaient leur vie passée ensemble. Chloé la première, m'appela papa. Margot restait sur la défensive, je croisais souvent son regard interrogateur.

Elles bousculaient mon quotidien, les découvrir m'enchantait. Pour l'anniversaire de Chloé on transporta la table dehors et on dîna aux bougies, emmitouflés dans des pulls. Pour Margot on n'eut pas le choix, la pluie s'invita et on termina la soirée autour de la cheminée.

Maude et Charlotte étaient indépendantes, heureuses d'être mamans, elles ne me demandaient rien.

On se quitta sans se faire de promesses. Elles comprenaient que ma vie était là maintenant, mais je pouvais leur rendre visite à toutes les quatre quand je le voulais.

Avoir retrouvé mes amies et apprendre ma paternité m'ont tiré d'une torpeur, d'un isolement insidieux dont je prends conscience maintenant. Une énergie nouvelle m'habite. Je m'attèle à rendre la maison plus confortable et accueillante. Je veux qu'elles se sentent chez elles dès qu'elles reviendront.

À chacune de nos retrouvailles, je m'étonne de les découvrir si différentes et pourtant si semblables.

Le temps s'enfuit. Nous passons de longs mois sans nous voir et mes filles grandissent loin d'ici. L'école et le travail de leurs mères les gardent loin de moi. Je me rends rarement dans leur maison au bord du canal, où elles vont et viennent, toujours très occupées.

Devenue adolescente Chloé profite de chaque congé scolaire pour débarquer seule. Sa présence chahute mes jours de belle façon. Elle a toujours quelque chose à dire, à lire, à partager. Je dois l'emmener partout, tout lui montrer.

— Papa ne t'inquiète pas ! Je reviens bientôt ! a-t-elle lancé en me quittant la dernière fois.

Margot, elle, reste distante et ne vient qu'accompagnée de Maude ou de Charlotte qui ont peu de temps pour voyager. Au fil des années, les souvenirs que mes filles déposent à chacun de leurs séjours, me nourrissent et adoucissent leurs longues absences.

Après le décès de son mari, la propriétaire m'a vendu la maison et la grande parcelle de terre attenante, où j'ai fait construire un gîte.

C'était une bonne idée, sa location quelques mois par an me met à l'abri du besoin.

Dans ce pays auquel je me suis attaché, je ne cours plus depuis longtemps. Arpenter les chemins et les landes suffit à me garder en forme et je ne me lasse pas de pêcher dès que la débâcle libère les paysages et les rivières, jusqu'à ce que la neige tombe à nouveau pour les engloutir des mois durant. Au fil des saisons j'ai apprivoisé ma vie sans Pauline, les nuits hivernales interminables si propices à l'introspection, habité d'un sentiment indicible de paix absolue.

Nous sommes fin avril, ces derniers mois le froid sans relâche n'en finit pas de mordre la nature et les gens, et depuis hier une pluie glaciale tombe et peine à faire fondre la neige. L'eau ruisselle sur les jours qui heureusement rallongent.

Le printemps devrait avoir pris le dessus quand mes belles arriveront mi-mai.

J'ai hâte de les retrouver toutes les quatre ensemble, ça n'arrive plus si souvent. ❐

Les lentilles d'eau

Mireille Diaz-Florian

Il venait de franchir la limite entre la pinède et les massifs touffus de rhododendrons et d'azalées. Il se trouva soudainement plongé dans la pénombre. Il leva la tête. Entre les feuilles des fougères arborescentes, le ciel gris se diluait. Les bourgeons gluants commençaient à craquer. Il tenta d'en ouvrir un qui était à sa portée. Il retira sa main toute poisseuse, lécha ses doigts. Le goût amer le dissuada de continuer l'expérience.

Il marchait doucement comme s'il craignait de déranger quelque animal tapi dans un bosquet. Il s'arrêta sur le petit pont, lança un bout de bois dans l'eau trouble. Une grenouille plongea brutalement. Il se pencha pour tenter de voir où elle se cachait. Il observa un instant le mouvement saccadé des araignées d'eau. Il n'avait pas peur. Après le bruit de l'aire de jeux, le silence s'harmonisait aux contours de la végétation.

Le chemin suivait une pente très douce, s'ordonnait en courbes paysagères pour parvenir à un bassin dont la surface était recouverte de lentilles d'eau. Un banc rustique proposait une halte. Mais il préféra s'y tenir debout. Il pensa un instant appeler son père pour partager sa découverte, puis se ravisa. Il aperçut une bêche appuyée contre le tronc d'un jeune bouleau. Il connaissait cet outil pour l'avoir vu chez ses grands parents. Où était le jardinier ? Il n'y avait personne alentour. Il sauta du banc, s'approcha du bassin, le contourna par la gauche. Une tache rouge attira son attention. Un foulard était resté accroché sur une branche basse. Il s'enfonça plus avant sur le sentier.

★

— Ilan !

Il venait de lever la tête de son écran de smartphone. Il y avait à peine quelques instants, son fils se trouvait en bas du grand toboggan. Il en était sûr ! Il ne le voyait plus. Il se leva, parcourut rapidement du regard l'aire de jeu. L'affluence de ce mercredi matin en était suffisamment limitée pour qu'il pût d'un coup d'œil apercevoir son fils. Son ciré jaune était un repère parfait pour le surveiller. Ilan n'était plus là. Dans quelle direction avait-il pu se diriger ? Le parc floral était vaste.

Une jeune femme lui désigna le petit théâtre pour enfants qui se trouvait en bordure des jeux. De la musique s'en échappait. Des comédiens devaient répéter avant la séance de l'après-midi. Il serait peut-être allé voir. Il ne pouvait être bien loin. Il se précipita vers le théâtre. La porte en était fermée. Ce parc où il venait avec Ilan lorsqu'il le gardait une semaine sur deux, lui parut recéler soudain des dangers insoupçonnés. Il en évitait soigneusement les plans d'eau. Ilan serait-il allé en direction des bassins des nymphéas ? L'angoisse grimpa d'un cran.

Il lui fallait chercher un gardien, lancer une annonce, donner un point de rendez-vous. Cela devait être prévu. Cela existait bien dans les grands magasins, les gares, les aéroports, les fêtes foraines ! On ne pouvait pas perdre un enfant dans un parc floral ! Il se mit à courir vers l'entrée principale. Une queue s'était formée devant les caisses. Il hurla : j'ai perdu mon fils ! Je veux faire une annonce ! L'employée prit calmement son téléphone, appela un gardien. Il venait de suite. Il ne fallait pas s'inquiéter. Les promeneurs, comme les jardiniers seraient capables de ramener l'enfant.

*

Il croisa l'enfant dans la courbe du sentier juste après le bassin. Il s'arrêta supposant que quelqu'un l'accompagnait. Il n'essaya pas de lui sourire, encore moins de lui parler. L'enfant le regardait fixement sans paraître surpris de sa présence. Il s'adressa à lui d'une voix ferme.

— C'est toi le jardinier ? T'as oublié ta bêche, là-bas. Il est à toi le foulard rouge ?

— oui, merci. Quel foulard ?

Mais de quoi il se mêlait ce gosse ! Personne ne suivait l'enfant. On devait s'inquiéter. Mais, bon, c'était aux parents, de s'occuper de leur enfant. Non ?

— t'es tout seul ? T'as pas peur ?

— non, j'ai pas peur. Et j'ai vu une grenouille, aussi.

— tu ferais mieux d'aller jouer.

— j'ai déjà fait du toboggan et même de l'escalade !

L'enfant s'éloigna d'un pas assuré. Sans se retourner. Il disparut derrière un bosquet.

Il sentait monter en lui cette colère. La sienne, parfaitement identifiable. La même qui l'assaillait quand un collègue lui faisait une remarque ou pire encore, quand le chef jardinier prétendait que l'alignement d'une rangée de dahlias n'était pas bon. Et ce gamin qui découvrait l'outil oublié près du bassin ! Il connaît le mot bêche, à son âge, celui-là ! De quel foulard parlait-il ? Il ne se rappelait pas qu'elle portait un foulard rouge.

Voilà qu'il se trouvait soudainement désemparé, incapable d'avancer. L'enfant venait de profaner ce lieu. Le sien. Il avait travaillé longtemps à son aménagement. Le travail en équipe le rebutait, et particulièrement à chaque changement de saison, les plantations près du lac. Mais ce parcours où il avait travaillé plusieurs mois, seul la plupart du temps, délimitait un espace essentiel. Sa part de vie. Son jardin anglais.

Il s'approcha du bassin. Un rayon de soleil vernissait la surface. Il s'assit sur le banc. Il fixait la masse verte des lentilles d'eau qui semblait se soulever au rythme de sa propre respiration. Son cœur battait la chamade.

Elle pourrait être là. Elle devrait être là. Sa chevelure flotterait un instant dans un rai de lumière puis s'enfoncerait dans l'ombre de l'eau. Elle, il pourrait la regarder. Ici. Chaque jour. Elle flotterait légèrement dans le berceau végétal. Il serait seul. Il pourrait alors placer entre ses mains translucides et froides des fleurs dérobées dans le parc. Il s'inspirerait pour les choisir du tableau qu'il avait vu au musée londonien.

Le voyage à Londres était incontournable en dernière année de l'école d'horticulture. D'abord terrifié à l'idée de partir avec le groupe et de partager les dortoirs de l'auberge de jeunesse, il avait ensuite été fasciné par les jardins qu'il avait visités. Peu attentif aux commentaires pédagogiques, il avait surtout aimé l'opulence végétale, la distribution sinueuse des sentiers, l'harmonie chromatique des fleurs. Le jardin en des points retirés, s'accordait parfaitement à son besoin d'être seul. Éloigné. Autre.

La dernière matinée était consacrée à la visite d'un musée. Il avait suivi un petit groupe qui allait à la Tate Britain. Les portraits l'ennuyaient sauf si l'arrière-plan ouvrait sur la profondeur d'un jardin. Le tableau d'Ophélia de Millais avait capté toute son attention. Cela était sans aucun rapport avec la pièce de Shakespeare qu'il ne connaissait pas.

Toute son émotion se concentrait sur le corps de la jeune fille, bercée par le courant, caressée par les branches basses d'un saule. Les brassées de fleurs sur sa robe, le délicat collier de violettes autour du cou, le coquelicot à son côté droit, révélaient en lui, sans qu'il pût le formuler, la puissance du désir.

Il était resté devant la toile un très long moment. Le titre d'Ophelia résonnait comme un nom de fleur. Il percevait confusément l'ambiguïté d'un récit où entre le sommeil et la mort, se côtoyaient la sensualité et la violence. Était-cela que dissimulaient les espaces isolés dans les jardins ? Un camarade vint lui rappeler qu'il était attendu. Ce fut un arrachement. Il s'enferma dans le silence jusqu'au retour en France.

Il restait assis maintenant et fixait l'eau dormante où il déposerait le corps de la jeune fille. Le bassin était peu profond. Les lentilles d'eau la maintiendraient à la surface. Le temps s'écoulerait dans la douceur de la contemplation. Une annonce le fit sursauter. On recherchait le petit Ilan qui avait quitté l'aire de jeu. Son papa l'attendait près du toboggan. Il portait un ciré jaune. Bon, au moins il avait appris son prénom. Il n'allait quand même pas se mettre à le chercher ! Il le retrouverait, son père. Il se leva, prit la bêche. Il laissa le foulard accroché à la branche de bouleau. Il se dirigea vers l'atelier. Sur l'allée centrale, le public affluait.

⋆

Elle venait au Parc floral chaque vendredi matin dès l'ouverture. Elle se dirigeait vers le pavillon japonais où elle pratiquerait le Qi gong. Il y avait très peu de monde le matin. Elle croisait les jardiniers dont elle admirait les gestes précis, concentrés. Elle allait ensuite dans la pinède pour rejoindre par le bel espace des rhododendrons et des azalées, le jardin des plantes aromatiques.

Elle aimait en été s'asseoir près du pont de bois devant le bassin dont la surface recouverte de lentilles d'eau offrait dans la pénombre un moment particulier de silence. Le vent faisait chanter les pins. Peu de promeneurs empruntaient ce parcours, invisible de l'allée centrale. Elle pouvait y lire tranquillement. Se sentir dans l'intimité d'une chambre de verdure.

Elle y avait une seule fois rencontré vers la fin du printemps, un jeune jardinier qu'elle avait salué.

Il n'avait pas répondu. Il paraissait complètement absorbé dans le ratissage de branches et de fleurs fanées. Mais elle avait senti son regard peser sur elle jusqu'à ce qu'elle contourne le bassin et rejoigne la grande allée. Elle n'aurait pas été capable de le reconnaître. Elle conservait juste un sentiment de malaise.

Depuis, elle hésitait, sans raison, à emprunter le chemin tôt le matin. Elle s'éloignait dans la pinède pour emprunter une allée dégagée. Dernièrement, elle avait ressenti la même impression, assise dans le pavillon des bonsaïs. On l'observait. Elle ne s'était pas retournée, persuadée d'être victime de son imagination. Mais elle avait du mal à se concentrer sur sa lecture. Elle s'était levée pour partir. Son foulard rouge avait glissé dans l'eau. Pétrifiée, elle l'avait regardé s'enfoncer avant de se reprendre et de le rattraper, maculé de boue. Elle avait regagné rapidement la sortie.

*

Il attendait chaque vendredi, l'arrivée de celle qu'il nommait Ophélia. La première fois qu'il l'avait vue, elle passait près du bassin où il s'appliquait à tailler les azalées à la fin de la floraison. Elle l'avait salué. Il n'avait pu articuler le moindre mot. Il l'avait suivie du regard jusqu'à ce qu'elle ait contourné le bassin. Plusieurs fois, avec son collègue, ils s'étaient arrêtés pour regarder les mouvements harmonieux et lents qu'elle répétait, apparemment indifférente à leur présence.

Il lui arrivait de quitter son équipe, qui avait accepté ses comportements déconcertants, pour s'approcher du pavillon japonais. Il choisissait un emplacement où il était sûr de voir sans être vu de personne. Il aimait surtout la regarder de dos dans l'immobilité de la lecture. Ses cheveux d'un blond roux confirmaient la ressemblance avec le personnage du tableau. Elle en relevait parfois une mèche et dans ce geste était contenu une grâce émouvante.

⋆

Plusieurs mois s'étaient écoulés depuis qu'il l'avait croisée près des azalées. La préparation du concours international du dahlia l'avait accaparé. Il l'avait guettée, en vain, les vendredis matins. Elle avait dû partir en vacances. Puis à la fin août, il l'avait entrevue un dimanche après-midi, dans un groupe de visiteurs dans le carré des dahlias. Il s'était approché tout près d'elle pour renforcer avec un tuteur une tige alourdie. Elle s'était un peu écartée, sans lui accorder la moindre attention. Il l'avait regardé s'éloigner vers la pinède.

⋆

Elle retrouvait avec plaisir le chemin qu'elle avait délaissé. Elle avait du mal à comprendre ce qui l'en avait éloignée. Elle écoutait décroître la rumeur des visiteurs du salon. Le vent courbait la cime des pins. La pluie orageuse de la nuit précédente avait pénétré profondément dans la terre. Les feuilles des hautes fougères, des rhododendrons et des azalées luisaient. Elle se sentit à nouveau accueillie par le lieu. Elle posa son foulard sur le banc encore humide. Elle s'assit. Elle ferma les yeux. Elle aimait cette odeur de terre mouillée.

Il était arrivé sans bruit. D'un geste sûr il avait serré autour de son cou le lien de raphia. Elle avait émis un petit cri que personne ne pouvait entendre, s'était débattue un court moment avant de tomber. Il la prit dans ses bras, étonné de sa légèreté et se dirigea vers l'extrême bordure du parc. Un gros tas de branches et de feuillages avait été déversé contre la clôture qui sépare le parc du Bois de Vincennes. Il avait recouvert délicatement le corps. Il lui resterait à la coucher plus tard sur le tapis des lentilles d'eau.

Il avait regagné l'atelier. Tous les collègues étaient partis. Il resta assis jusqu'à ce que le flux des promeneurs se tarisse. Puis il entendit les agents qui contrôlaient l'entrée, sortir du vestiaire où ils quittaient leur uniforme. Il attendrait la fermeture du parc. Le gardien de nuit ne reprenait son service que début septembre. Dans le cadre de la fenêtre se peignait le rougeoiement du soleil couchant.

*

Le programme du début de semaine changea tous ses plans. Il avait dû attendre le mercredi matin pour se retrouver seul. Arrivé le premier, il avait cueilli très tôt, des fleurs pour tapisser le fond d'une brouette, choisi une fine toile pour la recouvrir. Il se dirigea vers le fond de la pinède. Le tas de branches n'avait pas été touché comme en témoignaient les indices qu'il avait laissés, chaque soir.

Mais le long de la clôture, un chien courait en aboyant sans arrêt. Il l'avait déjà vu plusieurs fois. Il appartenait à un des nombreux sans-abri qui habitaient le bois. Son maître ne devait pas être loin. Il essaya de le calmer. Sans succès. Un de ses collègues s'était approché, surpris lui aussi par l'agitation du chien. Il tenta une explication, évoquant le passage d'un gibier, sûrement une présence anormale…

— Toi, il te connaît… moi aussi. Tu es sur quel secteur aujourd'hui ? On pourrait en fin d'après midi commencer à transporter toutes ces branches dans la broyeuse. T'en penses quoi ?

Il avait haussé les épaules, proposé de le faire le lendemain. Il s'était éloigné, au comble de la panique.

Il rapporterait la brouette au dépôt, dissimulerait les fleurs sous une bâche. Il lui fallait réfléchir, prendre une décision rapide, choisir le moment favorable pour placer Ophélia dans le bassin. Le mercredi matin concentrait les visiteurs vers l'aire de jeux. Son jardin secret serait protégé.

Il fit un long détour par la grande allée. On entendait les cris des enfants sur l'aire de jeu. Il s'engagea sur le petit chemin, progressivement apaisé par le silence et la lumière diffuse. C'est alors qu'il croisa l'enfant dont il connaissait maintenant le prénom. Ce fut le signe initial du bouleversement de toute sa journée.

Tout s'enchaîna très vite. Plusieurs jardiniers qui sortaient du dépôt lui demandèrent de se joindre à eux. On cherchait un enfant qui portait un ciré jaune. Il les suivit. Il aperçut plusieurs gardiens dont l'un tenait un chien en laisse. Ils allaient en direction des nymphéas. On devait craindre que l'enfant ne s'en soit approché.

Des visiteurs alertés par l'annonce de recherche s'étaient arrêtés sur l'allée centrale ou près du lac. Ils parlaient à voix basse. Sur l'aire de jeux, les enfants étaient plus nombreux. Le hurlement d'une sirène de police se rapprochait du parc.

Il quitta le groupe des collègues qui entraient dans la pinède. Sa tête bourdonnait. Il sortit par l'entrée principale. Salua la caissière. Il se retourna avant de partir en direction du métro.

Il sourit en voyant l'enfant au ciré jaune qui serrait la main de son père. ❒

Les écrivains que vous avez lus

DOMINIQUE LANNI
enseigne la littérature française des 17e et 18e siècles à l'Université de Malte. Il a traduit un roman, *Ne pleure pas, mon enfant*, et deux recueils de nouvelles, *Cette impitoyable sécheresse* et *Combattants et martyrs*, de l'écrivain kényan Ngugi wa Thiong'o. Romancier, il est l'auteur de *Heureux qui, comme Hannibal* et *Mary*, tous deux parus chez Arthaud. Il codirige les Éditions Passage(s) dont une des collections, « Projectiles », est dédiée à aux formes brèves.
« Tels des chercheurs d'or, nous souhaitons vous faire partager nos découvertes. Structure modeste, nous publions peu de titres par an, mais c'est pour mieux les défendre, se battre pour eux et nos auteurs, comme des fous ! Mais ne faut-il pas un brin de folie pour être éditeur ? »
Dominique Lanni y a publié un recueil de nouvelles cyniques, *Roméo et Juliette chez les nègres*, en 2015 (la nouvelle éponyme était au sommaire de Brèves n°95). Un nouveau recueil, *Les Trouble-fête* vient de paraître dans la même collection.

ALAIN LEYGONIE
est né en Corrèze, et a grandi dans le Lot.
Etudes secondaires à Brive, études supérieures à Toulouse où il a enseigné les lettres puis la philosophie.
Il est l'auteur de romans ou récits : *La Traversée* (La Table Ronde), *l'Idée* (La Table Ronde), *La Musaraigne* (Albin Michel), *Perpète* (Éditions du Rocher), *Je suis mort, qui dit mieux ?* (Éditions Descartes & Cie), *Travaux des champs* (Éditions Le Rocher, Prix de l'Académie d'Occitanie). *La Maison* (Editions Privat, Prix de l'Académie du Languedoc).
Il est aussi auteur d'essais :
Les Animaux sont-ils bêtes ?
Les Odeurs (Les Belles Lettres),
et de biographies :
Pierre Dospital : vie d'un pilier basque (Éditions Le Rocher),
Un Jardin à Marrakech. Jacques Majorelle, peintre-jardinier
(Éditions Michalon).
Nouvelliste,il a participé au recueil collectif *L'Autan des nouvellistes* (Atelier du Gué, 2013) qui réunit 17 écrivains toulousains.

SYLVIE CAVILLIER
Sylvie Cavillier en née en France en 1954, et vit près de Nîmes. Elle a développé deux centres d'intérêt : le travail dans le secteur social et l'écriture. À travers l'écriture, elle explore différentes formes littéraires : poèmes, chroniques, dialogues, nouvelles. Elle aime associer textes et images en collaborant avec des graveurs et des illustrateurs.
Elle est l'auteur de :
Le panier de l'ombre, éditions Folle Avoine, 1996 ;
La pluie exaucée, 2002 ;
Les chroniques de la Grande Mademoiselle, le mariage des eaux, 2008 ;
Entre deux sommes, le mariage des eaux, 2009 ;
Les couventines, le mariage des eaux, 2016 ;
La clameur, le mariage des eaux, 2022.

MARIE-JOSÉ LE ROY
est née à Concarneau et vit depuis 1976 à Châteauroux. Elle a deux enfants et elle a travaillé dans le service public (placement des handicapés dans le monde du travail)
Depuis sa retraite, elle est assesseur auprès d'une Maison d'Arrêt et d'une Maison Centrale.
Elle consacre l'essentiel de son temps au jardinage, à l'écriture, à la musique (violon) et a beaucoup écrit, roman, nouvelles, poésie. « Mais je n'ai jamais tenté de me faire éditer, bien que j'ai gagné quelques concours. Liselotte, j'ai eu la chance de la rencontrer et de découvrir sa singularité. Avec l'arrivée des beaux jours, je ne la revis plus. J'ai voulu lui rendre hommage et lui concocter une fin de vie joyeuse ».

BRICE GAUTIER
Professeur des universités à l'Institut national des sciences appliquées de Villeurbanne, il enseigne en cycle préparatoire la thermodynamique et la physique. Il effectue des recherches, en physique des matériaux, pour les composants électroniques. Auteur de nouvelles exclusivement, il a publié dans les revues *L'encrier renversé* (premier prix du concours 2021), *Harfang* (deux contributions), *Rue Saint Ambroise* (cinq contributions), *Les hésitations d'une mouche*, *Le traversier*, *Squeeze*, *Réticule*, *Pourtant* et *Le cafard hérétique*. Il a également participé à trois anthologies de science-fiction pour les éditions Arkuiris.

CHRISTOPHE VARLET
est né en 1978. Il commence à écrire vers l'âge de 14 ans, des poèmes puis des nouvelles. Second prix pour sa nouvelle « *Derrière l'éléphant, la plaine* » d'un concours organisé par la Réunion des Musées Nationaux et les éditions Denoël en 1998, il est publié au sein du recueil collectif « Musées, des mondes énigmatiques » en 1999 dans la collection *Présence du Futur* des éditions Denoël (n°600). Il a également auto-edité deux recueils de poèmes en 2010 et 2011.
Ayant suivi en 2008 une formation d'écrivain public / auteur conseil, il a écrit beaucoup de textes de commande.
La publication de cette nouvelle dans Brèves a une histoire incroyable. Écrite alors que l'auteur a une vingtaine d'années, il l'envoie à Brèves en 2002. Silence. Le temps passe. Il finit par recevoir un mail lui en proposant la publication. On est en… 2022, soit vingt ans plus tard ! La surprise est totale, comme un saut de vingt ans dans le passé. L'auteur croit aux signes. C'en est un.

JEAN-YVES ROBICHON
vit en Vendée. Il écrit des contes et des nouvelles depuis septembre 2018. De sa formation en arts plastiques, il garde une attention particulière aux jeux de couleurs et de lumière.
« *Je conçois la nouvelle comme un saisissement, une expérience sensorielle, brève, mais intense.* »
Ses thèmes récurrents : la mémoire/l'amnésie, la trace/l'empreinte/la photographie, l'art/l'histoire de l'art/la peinture.
Il a publié :
Son premier recueil : *Des nouvelles de la photographie*, dans la collection *Nouvelles Nouvelles* aux éditions l'Harmattan, en 2019.
« Les témoins », dans le recueil collectif *Décamper,* aux éditions Antidata, en novembre 2021.
Des nouvelles en revue dans *Nouvelle Donne, L'Agneau Mystique, Harfang, Rue Saint-Ambroise, l'Encrier Renversé.*
Et aux éditions *Parler les Lieux* : deux contes pour la jeunesse en 2021.

JULIE BOUDILLON
est née à Montpellier en 1978. Elle a publié *Assaut,* en 2020 (éditions Magnani, illustrations par Eugène Riousse), un roman qui imagine une fin du monde orchestrée par les enfants. Il a été sélectionné pour le prix Hors Concours et le prix Cendres 2020. Elle contribue également à la revue l'*Autoroute de Sable*, une revue lancée en 2021 et qui se définit comme « revue littéraire dédiée à la nouvelle de fiction, nouvelles souvent étranges, parfois absurdes ». *Autoroute de Sable* réunit à chaque numéro une dizaine d'auteur.es contemporain.es autour d'un thème. Julie Boudillon y a publié « La Machine » en 2021. Une autre est à venir, fin 2022.
Elle vit depuis longtemps à Paris, a fait plusieurs métiers avant de devenir bibliothécaire dans le 18e arrondissement parisien. Elle aime son métier, son fils, l'écriture et la marche, et d'autres choses encore.

ROSE TACVORIAN
passionnée de littérature et d'écriture, est écrivain public diplômé.
Elle écrit pour tous ceux qui n'ont ni le temps, ni le goût, ni les capacités pour le faire, des courriers, CV, lettres de motivation, mémoires, thèses… et surtout des récits de vie.
Elle anime par ailleurs des ateliers d'écriture à Paris et à Montreuil.
Elle a publié une nouvelle *Bisbilles à Séville*, aux éditions Thélès et une pièce de théâtre *Je vous ai apporté des bouchons*, chez l'Harmattan.

MARIE-FRANCE FOURNIÉ
Née en 1957 à Niort, elle a grandi en région parisienne. Après de nombreux déménagements, dix années passées à l'étranger, elle vit en France depuis 1987. Mère de trois enfants, attentive au monde qui l'entoure, elle a toujours été bénévole au sein d'associations où la littérature et la culture tiennent une place importante. Le goût des mots et de l'écriture l'ont incitée à écrire et éditer *Captures* ; *Lise* ; *Le Canal, cinq histoires au fil de l'eau* ; *Îles.*
Et un album jeunesse : *Une nouvelle histoire.*

MIREILLE DIAZ-FLORIAN
est née à Nîmes et vit à Paris. La pièce, *La Mémoire d'Ariane*, inscrite au répertoire de *Théâtrales*, a été adaptée à France Culture. Des nouvelles, des poèmes, des articles critiques ont été publiés dans diverses revues.
Elle a publié :
Aux éditions Aden, *Catherine Pozzi. La Vocation à la nuit*, biographie préfacée par Claire Paulhan ;
Aux éditions Le Bretteur, *Carnet de l'Obscur* et *Rives*, en collaboration avec le peintre Gilbert Conan.
Un recueil de nouvelles, *Hors Cadre*, est paru aux éditions du Petit Véhicule. En 2019, elle fait paraître *Vieilles Folles Vieilles Sages* aux éditions Le Bretteur.
Cette maison s'adresse à des lecteurs curieux d'entendre d'autres voix et publie à petits tirages des textes qui intéresseraient difficilement les maisons commerciales.
Mireille Diaz-Florian a créé avec François Minod, la revue *Voix*. Fondatrice de l'association *Le Lire et Le Dire*, elle organise des lectures (le montage, issu de Brèves, présenté au théâtre de l'Épée de Bois en 2016, a été un moment magique) et anime des ateliers d'écriture.

DOMINIQUE CARRON
Quelques périodes importantes dans sa vie, moussaillon sur un cargo, vie communautaire dans un kibboutz entre dix-huit et vingt ans accompagnés de la découverte de Montaigne, Saint-Augustin et René Char. Il décide que l'univers maritime accompagnera sa vie professionnelle. Londres, Brême, Athènes, voyages réguliers vers les continents asiatiques et américains, il crée son entreprise dans le transport maritime en 1990. L'entreprise devenue familiale, il poursuit depuis 2017 bien qu'il ne les ait jamais abandonnés des activités d'écriture.
Les revues *Mirabilia*, *Les Moments Littéraires*, *Rue Saint-Ambroise*, ont publié nouvelles et extraits des « *200 Petits Territoire*s ».
Parce qu'il voulait avoir un espace pour partager ses textes, il crée son blog *www.unechaisepourlire.fr*. en juin 2020. On peut vagabonder entre journal, micronouvelles, récits et ces « Petits territoires ». Il ne manque pas de travaux d'écriture en cours d'achèvement.

FANNY **CLAR** (1875 -1944)

Dans *Le Peuple*, journal militant plein de volonté pédagogique, on pouvait lire le 14 décembre 1924 cette courte introduction à un conte de Fanny Clar :

« Les lecteurs du *Peuple*, et les lectrices aussi, connaissent et apprécient l'effort de notre chère camarade Fanny Clar. Ils savent quel zèle admirable elle apporte depuis toujours à la cause primordiale de l'éducation de l'enfant. Aussi est-il inutile de leur recommander longuement le magnifique ouvrage que viennent de publier les Éditions de la Rose Rouge, à Orgerus. *Les Mains enchantées* sont parmi les plus beaux contes que l'on puisse offrir aux enfants. Ils sont en même temps utiles et amusants, éducatifs puisqu'ils traitent des métiers; ils ne le cèdent en rien aux plus merveilleux contes de fées. Quelle fée est plus grande que la joie de vivre ? Quel génie plus puissant que l'effort de l'homme ?

La plume de Fanny Clar a brodé d'exquises fantaisies sur la beauté du travail et le bonheur des âmes qui savent rester simples. En attendant de revenir bientôt sur l'œuvre de Fanny Clar, œuvre riche puisque comprenant des

Photo : Fanny Clar dans L'Atalante *de Jean Vigo, pour lequel elle fut figurante en 1934.*

romans sociaux, des études et des livres de nouvelles, nous détachons avec plaisir l'un des contes délicieux des *Mains Enchantées,* qu'illustrèrent les bons artistes Raphaël Diligent et Jean Clar. Imprimé sur beau papier alfa, ce volume, de plus de 200 pages, est d'un prix modique : 8 fr. 50, qui en permettra l'achat à tous. »

Il n'est nul besoin d'ajouter que Fanny Clar fut une journaliste infatigable. Et une journaliste dont il faudra bien que l'on redécouvre le travail, au-delà de ses œuvres pour enfant, nombreuses, et de ses romans (*Les Jacques*, *La Maison des sept compagnons*, *Les Découvertes de Monsieur Queurenbois* (1940) et *Monsieur Queurenbois sur la montagne* (1943), publiés en feuilleton dans *L'Œuvre*). Ses

Le Bonnet rouge *auquel Fanny Clar collaborait en 1914.*

reportages méritent de bénéficier d'une anthologie commentée. D'autant que sa signature, bien connue des lecteurs de *L'Humanité*, de *La Guerre Sociale*, de *La Voix des femmes*, du *Bonnet rouge* ou du *Populaire*, était comparée naturellement à celles de Séverine ou de Charles-Louis Philippe. Son message positif, son engagement pour l'éducation des plus jeunes et l'aspiration au bonheur que laisse deviner ce conte font des *Mains enchantées*, une ode aux travailleurs manuels.

Éric Dussert

L'horloger qui écouta les horloges

Fanny Clar

On n'avait jamais vu le vieux Schwartz autrement que penché sur une montre ou en arrêt devant une horloge. Il y consultait, attentif, le jeu mystérieux des petites roues dentées, dont chaque cran marque un instant qui tombe à l'oubli.

Personne, même parmi les plus anciens habitants de la rue, ne se souvenait d'avoir aperçu l'horloger hors de sa boutique, de l'avoir entendu rire. Bien peu connaissaient le son de sa voix. On ne pouvait se représenter le vieux Schwartz, ayant été petit, jouant aux billes ou au cerceau, se blottissant calmement dans les bras d'une tendre maman. Desséché, voûté, c'était une vieille chose qui avait dû naître avec des rides.

Ce jour-là, les premiers rayons du printemps minaient les coques vertes des bourgeons qui en éclataient d'aise. Le soleil entra dans la sale petite boutique, dansant sur la poussière accumulée dans tous les coins.

Or voilà que le soleil venant à sautiller sur le cadran de la montre que tenaient les doigts noueux de l'horloger, une voix faible et précipitée se mit à dire :

— Le temps fuit, le temps fuit !

La voix était si claire que Schwartz leva ses

gros yeux abrités par d'immenses lunettes vers la porte d'entrée, étonné de ne pas avoir entendu tinter la sonnette. Mais nul client ne paraissait, la boutique se trouvait vide.

Schwartz se pencha de nouveau sur la montre, d'où sortit de plus en plus distinctement :

— Le temps fuit, le temps fuit !

Le vieil horloger fut si surpris qu'il demeura stupide, contemplant le petit cadran. La montre, sans se lasser, répéta :

— Le temps fuit, le temps fuit !

— Vraiment, se dit le vieux Schwartz, qui ne s'étonnait pas longtemps, quel intérêt cela peut-il avoir ?

Il reprit sa besogne, mais ne put s'empêcher de jeter un regard autour de lui.

Partout des cadrans : d'immenses, où les grandes aiguilles allaient de leur pas tranquille ; de plus petits, où les secondes s'essoufflaient à faire des minutes. D'autres encore, vides d'aiguilles, semblaient attendre le bon vouloir du vieux Schwartz qui leur donnerait la vie.

Au mur, des montres et des montres, de vieilles, de jeunes, les premières usées par le frottement des poches, les autres pimpantes, pressées de marquer les heures de douleur ou de joie. Sur une planche, deux petits nègres tapaient, à leur tour, sur un gong. Chaque fois, ils saluaient, en ouvriers satisfaits. Les yeux de l'horloger s'arrêtèrent sur eux.

L'heure se déclencha à ce moment, et le hochement de tête des nègres sembla répondre à une interrogation muette :

— Oui, il fuit ; oui, il fuit.

— Eh bien ! soit, laissons-le fuir.

Mais avant de reprendre la montre, Schwartz regarda une imposante horloge de cuivre, d'où une voix grave, scandée par le balancier, laissa tomber :

— Ta... jeu... nes... se !... ta... jeu...nes... se !...

— Ma jeunesse, balbutia Schwartz ; ai-je donc été jeune ?

Décidément, ces horloges ravivaient en lui une foule de souvenirs oubliés. Pour la première fois, le bonhomme se mit à songer à son âge. Il avait, voyons, eh ! mais oui, soixante ans, bientôt.

Combien cela représentait-il de jours, courbés sur le travail et toujours pareils ? Un nombre infini, et dans cette longue chaîne, pas un maillon qui fût un souvenir de joie.

— Bah ! maintenant, il est trop tard ! Il prit une autre montre ; celle-ci sembla répondre :

— Jamais trop tard ; jamais trop tard !

Cette fois, le père Schwartz s'arrêta net.

Il contempla d'un air ahuri sa boutique.

— Qu'elle est sale !

D'ordinaire, il ne s'en apercevait point.

Il pensa qu'une main de femme aurait peut-être été utile, au milieu de tout cela.

Et voilà qu'il se rappelle qu'il a eu vingt ans, qu'il a repoussé les amis qui voulaient, en riant, une fois terminée la journée de bon travail, l'entraîner vers quelque promenade pour chanter avec eux un de ces chœurs, si beaux qu'ils rendent meilleurs ceux qui s'attardent à les écouter.

Et le vieux Schwartz revoit le joli visage de la douce Luisa, qui l'aimait et qu'il a dédaignée, parce qu'elle était fille de pauvres gens.

Jamais il n'a donné à personne ce que les plus misérables peuvent donner : un peu de tendresse, un geste de bonté. Il a vécu solitaire, renfrogné, peu à peu abandonné de tous.

Pas le temps, il n'a pas pris le temps d'être heureux.

Aussi une grosse horloge pansue, dans un coin, vient à la rescousse :

— E... go... ïs... te ! E... go... ïs... te !

Le père Schwartz s'agite sur sa chaise, repousse d'une main un peu tremblante le bonnet crasseux qui lui couvre la tête, tandis que le soleil danse éperdument.

— Tiens, il fait du soleil.

Tout étonné de s'en apercevoir, l'horloger cède à l'invite, va sur le pas de la porte. La rue est toute gaie du clair rayon qui illumine les plus pauvres fenêtres, caresse doucement les fleurs grêlées du pot de géraniums de Nelly la couturière, et met aux tristes cœurs quelque réconfort chez les voisins, c'est un événement d'apercevoir le vieux Schwartz. Le premier qui en eut l'étrenne le conta aux autres et la rue se le confia de seuil en seuil.

La rue fut encore bien davantage étonnée quand elle apprit que le père Schwartz avait été quérir la vieille Mélanie pour garder sa boutique et qu'il était disparu tout un jour.

Où alla l'horloger ? On le sut, le lendemain, lorsque Mélanie raconta la conversation qu'ils avaient eue tous deux.

— Connaissez-vous les arbres ? demanda Schwartz brusquement.

— Dame, monsieur, pas beaucoup. On n'a pas le temps, quand on travaille du matin au soir.

— Du matin au soir, répéta pensivement l'horloger. Oui, c'est bien cela, et le temps fuit, il fuit.

Il leva, les yeux vers les nègres et leur sourit. Mélanie se demandait si Schwartz ne devenait pas un peu fou.

— Ecoutez, reprit le vieil homme, vous allez lâcher votre travail.

— Mais, monsieur...

— Chut ! ne m'interrompez pas, le temps va si vite. Il y a de l'ouvrage ici, à chasser cette poussière, oh ! oui, il y en a. Quand vous aurez fini, je vous emmènerai voir des arbres. Allons, commencez de suite : le temps est précieux. Moi, je vais faire un tour pour ne pas vous gêner. Si vous apercevez le jeune étudiant en médecine qui habite la maison, vous savez ?

Mélanie hocha la tête pour dire oui.

— Vous lui donnerez sa montre. Il n'ose la venir chercher parce qu'il n'a pas l'argent de la réparation. Le temps doit lui être si utile, à lui aussi ; puis encore, vous porterez celle-ci...

Il enveloppa une mignonne montre dans un papier bien blanc.

— ... à la petite modiste qui regarde l'heure anxieusement, tous les matins en passant, et qui court ensuite, bien souvent. Comme elle a besoin de savoir que le temps fuit ! Nous deux, bonne vieille, nous n'avons plus besoin de montre pour connaître combien il galope.

« Soixante ans et pas vécu ! Il faut se rattraper, ajouta-t-il rêveur, j'ai certainement gâché, sans le savoir, bien des moments qui, à présent, me seraient de chauds souvenirs. Ils rendraient la vieillesse moins amère. Profitons au moins, ma bonne Mélanie, des derniers beaux jours. »

Ayant dit, le père Schwartz s'en fut promener, souriant aux gens qui ne sont méchants, souvent, que parce qu'ils sont malheureux, souriant au soleil, aux moineaux, à l'instant de joie qui passe et dont il faut jouir, vite, vite, avant qu'il soit trop tard, tard... ❐

ENTRE CHAT ET LOUP
Philippe Veyrunes
Éditions Les Presses Littéraires,
165 pages, 15 euros

Deux frères diaboliques, un sexagénaire aux allures de rugbyman, un abbé plein de bon sens… et des chats, des chats, des chats… mais pas n'importe lesquels : des chats énigmatiques, dotés de mystérieux pouvoirs. Mais existent-ils vraiment ces chats, tous frères du chat du Cheshire, si cher à Alice ? Se poser la question n'est pas de mise car si vous n'aimez pas emprunter des chemins de traverse, alors circulez ! L'univers du conte n'est pas pour vous !

Mais si vous êtes prêts, alors je vous recommande la visite de l'élégante demeure berrichonne du baron Alban du Peyronnet qui n'a rien d'un traditionnel baron et dont le chat siamois est loin d'être un chat ordinaire (si tant est qu'un chat puisse être ordinaire). Le conseil du baron à son jeune visiteur subjugué, conseil qui résume l'esprit même de ce recueil, est le suivant : « N'oublie jamais, mon petit, que la frontière est mince entre illusion et réalité et que ton propre regard sera toujours le plus beau des miroirs déformants… ».

Dans les contes, les nantis sont souvent méchants et les pauvres presque toujours crédules. Et les bêtes ? Il y a les victimes : moutons, brebis, chèvres, comme dans « Cœurs Vaillants », le conte que je préfère. Ici, le tableau est complet. Il y a le village où les maisons sont tassées autour de l'église, telles de grosses bêtes assoupies, des villageois apeurés et plus guère d'hommes valides après la guerre pour faire face à l'omniprésence des loups. L'abbé Vincenot peut-il intervenir efficacement sans passer outre la transcendance divine et cette dernière peut-elle tout entendre et tout pardonner ?

Une chose est certaine, dans le conte, ce qui importe – au-delà de la magie – c'est la morale sous-jacente qu'il véhicule. Ainsi, si des formes invisibles gouvernent la vie autour de nous, tout demeurera en équilibre tant que les hommes respecteront les plantes et les animaux, comme dans « Danse avec les loups » ou encore « Le dernier justicier ». Depuis la traque de la bête du Gévaudan au dix-huitième siècle, le substitut Chabran est formel : plus de loups dans la région... L'émoi court sur le causse du mont Lozère !

Le loup, ennemi ou ami ? Le conte interroge. Et la louve ? Parfois mère nourricière, comme dans « Victorius, l'enfant des louves » qui n'est pas sans évoquer l'histoire légendaire de Romulus et Rémus, abandonnés à leur naissance et recueillis par une louve. Et si les deux frères devenus adultes fondèrent la ville de Rome, Victorius (notre homme-loup) n'aspire nullement à fonder la capitale du Latium !

Dix contes composent ce recueil, dont, outre ceux cités précédemment, « Nuit féline », « Frère Jekyll et Frère Hyde », « Au fil de l'eau » et « Château roman », avec comme citation en exergue de l'ensemble : *Qui n'aime pas les loups n'aime pas la nuit, la nuit pour ce qu'elle est, c'est-à-dire la face obscure de notre liberté.* » Serge Bouchard, anthropologue et écrivain québécois (1047-2021).

Une liberté où tous les chats bien grisants et les loups sont plus proches des hommes qu'il n'y paraît.

À méditer, en cette période bien tourmentée...

Corine Chapelain-Rotter

PETIT FRÈRE,
François Emmanuel
vu par Marc Desgrandschamps
Les Éditions du Chemin de Fer
58 pages, 14 euros.

L'écrivain belge François Emmanuel (né en 1952) s'appelle en réalité François-Emmanuel Tirtiaux ; il est psychiatre et psychothérapeute, acteur, metteur en scène, auteur de très nombreux livres (en particulier chez Stock, Actes Sud, Le Seuil). Il est le neveu d'Henry Bauchau (1913-2012). Son frère, Bernard Tirtiaux (né en 1951), est écrivain, peintre, chanteur, auteur de plusieurs romans, dont *Le Passeur de lumière* (Denoël, 1993).

Ce bref chef d'œuvre, *Petit frère*, est publié dans une très jolie collection qui associe toujours un texte et des illustrations et où l'on trouve entre autres *La Fille poilue* de Nancy Huston que nous avons chroniquée dans Brèves n°109 et aussi Pierre Autin-Grenier, Henry Bauchau, Béatrix Beck, Georges-Olivier Châteaureynaud, Stig Dagerman, Marie-Hélène Lafon, Annie Saumont…

Feuilletant ce livre, ce que l'on voit d'abord, ce qui happe, ce sont les illustrations de Marc Desgrandschamps, incrustées de phrases plus ou moins énigmatiques, que l'on va retrouver dans le texte. Leur tonalité générale est sombre : marron, gris, noir… Les phrases sont souvent glaçantes : la première c'est « il était allé droit vers sa mort » (page 6) ; et puis « un règlement de compte » (page 23) où l'on voit un revolver pointé sur une tempe. La seule image à la couleur vive représente une rose rouge (page 27). La tache rouge de la fleur rappelle le titre *Petit frère* imprimé en rouge sur la couverture.

Ce texte bref et intense démarre sur les chapeaux de roue : « Parce qu'il savait qu'il allait se faire buter ». Cette première phrase entraîne à sa suite des phrases sèches, amples pourtant, nerveuses, qui claquent, qui ne laissent aucun répit. Et ce tourbillon nous emporte jusqu'à la fin, haletants.

Pierrot vient de se faire assassiner et son demi-frère, son « petit frère », Yann, mène une enquête pour savoir qui était vraiment ce Pierrot, ce père de Loum, père et fille ayant les mêmes yeux bleus, bleus comme le ciel sur la couverture (un bleu très pâle qui n'éclaire pas).

Ces images nocturnes, ce début haletant laissent présager un récit plus ou moins policier, plus ou moins poisseux. Et l'on n'est pas déçu. Il y a la « bande des Albanais ». Il y a Loum, la fille de Pierrot qui lui a laissé, avant de partir définitivement, un « cadeau encombrant » : un sac plein de billets de banque (et la somme est colossale). Et ce sac va peser lourd sur la vie de Loum et celle de Yann.

Il y a l'enquête menée par Yann à la fois dans le présent et dans le passé : les souvenirs de l'enfance quand Yann et Pierrot vivaient encore dans le « même » monde ; les premiers vols commis par ce grand frère et qui pétrifient le « petit frère » ; et puis le présent, poisseux, angoissant, les bandes rivales, les bars louches, les règlements de compte, la prison, le danger partout.

Il y a, l'un à côté de l'autre, l'un loin de l'autre, « Pierrot à distance de la planète Yann, le tordu et le droit » (page 21). Il y a aussi la mère qui perd la tête, qui oublie tout, à qui Pierrot offre chaque vendredi quatorze roses rouges : pourquoi quatorze ? La mère qui n'a pas compris que son fils est mort et qui réclame sa présence, qui croit que c'est Pierrot qui lui offre ces fleurs alors qu'il est mort. Mais il n'y a rien à comprendre et les questions restent sans réponse. Yann, Loum, la mère cheminent ainsi, à distance, mais tout près et finissent par se rejoindre dans une espèce de sérénité.

Jean-Loup Martin

MÊME PAS MAL
Brice Gautier
Quadrature
100 pages, 15 euros.

Brice Gautier est professeur des universités dans une école d'ingénieur de Villeurbanne. Il écrit uniquement des nouvelles, dont certaines sont parues dans des revues et des anthologies. Sur le site « Lunatique » quelqu'un (est-ce Brice Gautier lui-même ?) écrit que l'« on se demande bien à quel genre elles appartiennent. Claires ou sombres, parfois teintées de fantastique ou de science-fiction, parfois teintées de rien de spécial, c'est à se demander s'il n'est pas du genre à considérer qu'en littérature, comme pour les êtres humains, il est idiot et vain de vouloir distinguer des races ou des genres là où rien ne vaut le métissage et la nuance. »

« Même pas mal » : c'est ce que disent les enfants – et quelquefois les grandes personnes – quand ils ont mal mais qu'ils ne veulent pas l'avouer, soit aux autres, soit à eux-mêmes. Les souffrances, physiques, morales, psychiques, sont présentes dans chacune de ces douze nouvelles. Les personnages les affrontent ou les fuient, rusent avec elles, les détournent, les contournent, s'en amusent parfois ; en arrivent même parfois à les inventer, comme dans ce texte étonnant, intitulé « Eurydice », écrit presque entièrement au conditionnel : comme un enfant pourrait le faire, le narrateur invente une situation dans laquelle il jouerait un rôle pathétique mais valorisant, avant de revenir à la « réalité » (à l'indicatif évidemment), une réalité plus chaleureuse que le rêve un peu morbide qu'il a inventé, mais la dernière phrase : « Viens, et ne te retourne pas » nous rappelle brutalement le titre de cette nouvelle et nous fait plonger dans l'abîme.

Les personnages vivent souvent dans un univers décalé, « à côté », mais parfaitement « réaliste », souvent à cause de leur maladie ou d'un accident qui leur impose une vision parfois étrange du monde, une incapacité à communiquer.

Mais souvent aussi la douleur les amène à prendre des décisions parfois injustes, parfois justifiées, toujours logiques. Et les « chutes » nous laissent imaginer l'ampleur de la catastrophe qu'ils vont provoquer ou le renouveau salvateur qu'ils vont réussir à insuffler à leur vie : ainsi cette femme battue, qui va enfin oser prendre la seule décision qui s'impose après avoir trop longtemps souffert sans rien dire ; ou cet homme qui, dans l'extraordinaire nouvelle intitulée « Potlacht », reçoit un superbe cadeau de sa femme et l'en « remercie » d'une façon implacable, provoquant un séisme qui la laisse pétrifiée.

L'auteur a une profonde empathie pour ses personnages, qui sont très proches de nous, qui sont nous, dans leur humanité douloureuse, traversée de rayons de lumière.

Jean-Loup Martin

La dernière publication de Quadrature vient de sortir. *Le sens du vent* de Gilles Dienst réunit huit nouvelles bien à l'aise dans le catalogue de cet éditeur : elles mettent en scène des personnages ordinaires dont la trajectoire bascule à cause d'un grain de sable... Tiens donc : il y en a beaucoup sur cette plage qu'arpente Jérôme un matin de janvier, un paquet à la main, attentif au sens du vent. Gilles Dienst a beaucoup d'imagination. Il a dû engranger au fil de ses différents métiers. Ce qui lui permet de nous régaler avec d'improbables situations où se démênent des anti-héros.
36 pages, 16 euros.

FRESQUE ET MOSAIQUE
Xavier Bazot
L'Atelier contemporain
120 pages, 15 euros

« Je n'ai aucune imagination : ceci dit, cela ne m'empêche pas de gauchir la réalité, mon travail étant de rassembler ce qui est morcelé, en donnant une unité à ce qui a été vécu », expliquait Xavier Bazot à Christiane Rolland Hasler, dans le numéro 61 de Brèves*. Sur une des photos qui illustre cet entretien, l'écrivain pose, serein, encadré de ses deux filles qui affichent le sourire radieux de l'enfance ! Si « le bonheur et la quiétude riment difficilement avec la littérature », comme le soulignait encore à cette époque l'auteur, avec *Fresque et Mosaïque*, il poursuit son interrogation en observant, par petites touches, les transformations de sa vie, liées à son nouveau statut de père de famille.

Être père est sans conteste un grand bonheur… mais, qu'en est-il pour un écrivain, au demeurant pauvre, de cette nouvelle situation ? Citant Heine à propos de la pauvreté providentielle de Fourier qui, selon ce dernier, était paradoxalement enrichissante, Xavier

Bazot s'empare de ce nouveau et double statut. Il observe et, d'une écriture ramassée, circulaire, il saisit, à la volée, les fugitives années d'enfance de ses deux filles et, plus largement, la vie de toute la famille, obligée de déménager à la naissance de l'aînée.

Inventés ou vécus, rêveries ou souvenirs, qu'importe… Pourquoi s'obstiner à toujours vouloir tout répertorier, lorsque le langage permet aussi de passer outre et surtout, comme ici, d'éviter l'anecdote. Le tout, avec distance, finesse et humour. À la maison, c'est papa qui commande, et c'est maman qui décide, dit Armance, ou encore, après avoir renversé son verre : oui, je fais des bêtises, mais je n'ai pas ton âge ; à mon âge, tu sais, c'est normal que je fasse des bêtises !

Si Xavier Bazot observe avec tendresse sa compagne Mina et ses deux filles, Armance et Lamiel, il constate aussi qu'il demeure à la lisière de la société à laquelle il n'a pas l'impression d'adhérer. *Je préserve l'illusion de ma liberté.* Tout est dit… un écrivain, c'est libre, mais ça ne gagne pas sa vie ! À ce propos, savez-vous quelle est la différence entre le communisme et le capitalisme, interroge non sans un certain humour notre auteur ? Sous l'un ou sous l'autre régime, l'écrivain gagne sa vie en étant veilleur de nuit…

Avec *Fresque et Mosaïque*, huitième ouvrage, dédié à Georges Perros**, Xavier Bazot promène un regard, tour à tour, doux et acerbe sur un quotidien où se mêlent élans du cœur et tracas quotidiens. Il pointe du doigt les faiblesses du fonctionnement conjugal, familial, amical et sociétal. Ses auteurs de prédilection : Louis Guilloux et Gombrowicz.

La boucle est bouclée !

Corine Chapelain-Rotter

* *Voir page 158*

** *Georges Perros, écrivain et comédien né en 1923, mort en 1978. Il a écrit, entre autres,* Une vie ordinaire, *en 1967, et encore, plus tard,* J'habite près de mon silence, *publié à titre posthume :*

L'ÉTERNEL FIGURANT
Raymond Penblanc
Le Réalgar
112 pages, 13 euros

Raymond Penblanc n'est pas inconnu de *Brèves*, la nouvelle éponyme, cinquième du recueil avait été publiée dans le numéro 96.

Son parcours d'écrivain l'a mené de la poésie à la nouvelle en passant par le roman et les « histoires courtes ». Né en Bretagne, il vit maintenant en Haute-Provence. Comme d'autres, il a choisi la rudesse du calcaire et la sécheresse de l'air propices au silence et à l'écriture !

Les douze nouvelles composant le recueil ont été écrites et publiées dans différentes revues entre 2011 et 2015. Elles sont courtes : de trois à onze pages

Les textes sont répartis sur sept « chapitres » dont certains ne comprennent qu'un seul titre : « L'éternel figurant », « Le saut de l'ange » et « Le dernier lecteur » alors que d'autres regroupent deux titres ou trois pour le « chapitre quatre » qui occupe le centre du volume.

Le premier groupe de deux nouvelles interpelle par les titres apparemment antagoniques : « Dans mon pays en guerre » et « L'allée de la paix ».

Le pays en guerre évoque une invasion barbare, non située, ni dans l'espace, ni dans le temps. Si le refuge de l'église incendiée nous évoque Oradour sur Glane, « les petits chevaux fougueux » des envahisseurs, ramènent à des temps plus anciens. Ces barbares sont armés d' « un fusil » et d'une « torche » et pratiquent la stratégie de la terre brûlée.

Ils sont sobrement désignés par le pronom « ils » opposé au « nous » dont se détache bientôt la narratrice « moi » et dont on apprend qu'elle est l'institutrice d'un très petit « village » au bout d'un « défilé rocheux ».

Deux autres personnages entrent à leur tour dans l'espace clos de l'église, Benito et son père Blanès. Ces deux noms évoquent l'Espagne mais aussi bien l'Italie... Aucun indice n'est irréfutable...

La guerre s'efface et laisse place à l'amour mais si le ciel « piqueté d'étoiles» du sanctuaire s'ouvre, ce n'est pas sous l'effet de l'extase mais sous celui du feu destructeur. Comme dans les tragédies l'érotisme se mêle à la mort.

L'allée de la paix contrairement à ce que pourrait annoncer son titre est elle aussi une « nouvelle de guerre », la paix momentanément retrouvée n'efface pas les plaies des cœurs et des vies dévastés. Titre trompeur qui n'annonce pas la violence de la vengeance, individuelle ou collective.

Le groupe suivant est aussi sous le signe du sang, de la nuit et de la cruauté. Dans la seconde nouvelle, « Chemin de croix », l'atmosphère est celle d'un cauchemar à mi-chemin entre Goya et *Orange mécanique*. L'église est de nouveau le lieu d'un érotisme libéré jusqu'au vampirisme, Buñuel et Dali ne sont pas loin non plus...

Puisque la possibilité m'en est donnée par la publication dans Brèves de la nouvelle « L'éternel figurant » en 2011*, je vais me permettre la comparaison des deux versions de cette nouvelle. Le texte du recueil révèle d'abord un travail de reprise de la page liminaire au niveau des détails d'expression. Les premières phrases ont été élaguées de façon à ne garder que la brutalité du geste meurtrier en gommant le portrait physique de la « victime ». Notre surprise est d'autant plus forte lorsque le vocabulaire du cinéma introduit dans la phrase suivante nous indique qu'il s'agit d'un tournage et donc d'un « faire semblant ».

La partie centrale du texte qui déroule la métamorphose en « éternel figurant » de celui qui n'était au départ que « figurant occasionnel » n'a guère subi de modification. Si ce n'est l'allongement du temps nécessaire à cette métamorphose de cinq ans à dix ans.

La dernière partie de la nouvelle a également subi un élagage qui gomme les aspects potentiellement psychologiques du dispositif final qui amènera la chute (ou l'apothéose c'est selon) du personnage. La force de cette partie en est démultipliée. De même, la substitution de marques automobile moins banales que BM et Mercedes (Dodge Mirada et Chevrolet Corvette) ajoute à l'onirisme de ce dénouement.

Il n'est pas si fréquent de pouvoir montrer le travail d'un auteur et singulièrement d'un nouvelliste, c'est pourquoi j'ai pris cette liberté.

Il faudrait encore parler de l'humour toujours en embuscade même dans les situations les plus noires. Mais je laisse aux lecteurs « le plaisir de la découverte » comme on écrivait jadis dans les bibliothèques municipales sur les livres empruntés. Parfaite transition pour la nouvelle qui clôt le recueil.

Elle s'intitule : « Le dernier lecteur », et sous son dehors *fantastique quotidien*, convoque différents thèmes de réflexion, le sentiment de vanité qui saisit celui qui écrit et ici celui qui lit dans un monde de plus en plus étranger au livre matériel, la persistance ou l'usure de la mémoire et d'autres thèmes encore… qu'il vous appartiendra de découvrir !

Marlène Deschamps

* *Brèves n°96. Voir page 158*

CHASSER LES TEMPÊTES
Robert Piccamiglio
Préface de Jacques Brémond
Rhubarbe
134 pages, 15 euros.

Robert Piccamiglio, né en 1949, est une figure bien connue de la littérature contemporaine où il occupe une place singulière et unique depuis plus de quarante ans et une soixantaine de livres : poèmes, théâtre, romans, nouvelles, chroniques, dont une vingtaine chez Jacques Brémond qui occupe une place essentielle parmi les éditeurs et qui signe ici une éclairante préface : l'auteur de cet article a d'ailleurs eu la tentation de la recopier tout simplement car Jacques Brémond a tout perçu de l'univers de Robert Piccamiglio, a tout dit de ce qu'il fallait dire sur ce livre majeur. Il citera quand même ceci (en respectant la ponctuation très particulière : des minuscules après un point ; ou des virgules absentes) : « les textes de ce recueil sont chargés de souvenirs très personnels autobiographiques familiaux. entre des univers oniriques, fantasmés et fantasmagoriques, ils frôlent parfois la science-fiction ou des mondes surréalistes ». Ajoutons à tout ceci que ce petit livre dense est publié par Rhubarbe chez qui l'on trouve aussi Michel Baglin, Christiane Baroche, Georges-Olivier Châteaureynaud, Bruno Doucey, Louis Dubost, Jean-Claude Martin, Claude Pujade-Renaud, Sylvie Beauget, Christiane Rolland Hasler, entre autres : beau palmarès !

Tous ces textes sont écrits à la première personne du singulier. Tous se présentent comme des monologues. Tous font vivre des personnages cabossés mais fulgurants, dérisoires (pas toujours) mais grandioses (souvent), parfois inattendus, improbables, mais par la magie de son style, de son écriture, étrange, envoûtante, hypnotique, par sa poésie lyrique et familière, l'auteur nous les rend proches, vraisemblables, vrais. Et le lecteur n'a aucun mal à croire qu'un arbre puisse raconter un accident dont il a été victime au même titre que les deux humains dont la voiture s'est encastrée autour de lui, qu'un mort (qui s'est suicidé en se jetant sous un train) puisse se dédoubler et assister au travail des gendarmes, mais dans cette nouvelle, « Paris Vintimille », le personnage le plus attirant, le plus vivant, c'est la locomotive à vapeur « majestueuse. Élégante. Hautaine aussi et fière ».

Le lecteur relit avec joie l'une des nouvelles les plus étranges, les plus cruelles de ce recueil de quinze textes. J'ai retrouvé « La Belle au Bois Dormant », qui a été publiée dans *Brèves* n°118 où elle occupe les premières pages : à tout seigneur tout honneur. Le lecteur s'enfonce avec le héros-narrateur dans « une forêt profonde absolument. Sombre et inquiétante » qui va le conduire « aux terminus des enfers. Peut-être. Ou aux portes d'un paradis perdu (...) » ; une forêt dont les arbres sont des soldats « les armes aux poings ». Il y « retrouve » donc la Belle au Bois Dormant. Mais évidemment le dénouement n'a rien à voir avec celui du conte de Perrault. Ici il est cruel et « définitif ».

Mais toutes ces nouvelles ne sont pas fantastiques ou allégoriques. Certaines nous font vivre des situations, des atmosphères, des ambiances que Robert Piccamiglio a sans doute connues dans sa vie d'ouvrier, dans l'univers carcéral de l'usine, de l'atelier. « Ici la laideur est partout. Elle m'entoure.

M'habite. Me pénètre. Me poursuit où que j'aille. » Un univers triste, sordide, sombre, où même les êtres humains sont laids, mais d'où la lumière et l'espoir ne sont jamais tout à fait absents.

Et puis il y a la dernière nouvelle, « Aux enfers des siècles », où l'on trouve très brièvement, comme en passant, l'explication du titre *Chasser les tempêtes*. Et surtout, cette dernière nouvelle reprend la plupart des personnages des quatorze nouvelles qui la précèdent, fait une synthèse impressionnante de toutes ces histoires, donne tout son poids et tout son sens à cette prodigieuse aventure humaine que Robert Piccamiglio nous a fait vivre et la conclut avec une force impressionnante : « J'ai voyagé jusqu'aux enfers des siècles, sans avoir peur ni froid. (...) Il me reste à attendre que se présente à moi la Grande inquisitrice, la mort (...) ». Le héros-narrateur est prêt à affronter la mort dans un combat « perdu d'avance. Mais qu'importe, puisqu'à mon retour des enfers des siècles, je me suis rappelé que j'étais toujours vivant. »

Oui, la vie célébrée ici dans toute sa profusion. Et toujours l'humanité, l'humanisme. Tous ces humains sont portés par un souffle, une vibration, une énergie. Et les objets aussi, très souvent personnifiés, très souvent « animés », dans un dialogue intense avec les humains. Et puis, pour donner vie à son univers, le style de Robert Piccamiglio : ces phrases hachées et belles, ces points qui interrompent sans cesse, qui obligent à lire comme si l'on était essoufflé, éperdu. Ces images et métaphores, surprenantes et toujours justes.

Oui, c'est l'humanité qui nous est présentée ici, celle des humains comme celle des objets ou des situations, c'est l'humanité qui nous est dévoilée dans ce livre essentiel.

Jean-Loup Martin

NOUVELLES ANAMNÈSES
Philippe Milbergue
Les Morfals Éditions
16, Rue du Moulin
78710 Rosny-sur-Seine
160 pages, 14,50 euros.

Philippe Milbergue

Sur le site de *La Maison des Écrivains et de la Littérature*, nous apprenons que Philippe Milbergue est né le 15 juin 1961, qu'il écrit sous plusieurs pseudonymes (aux consonances souvent exotiques), qu'il a été chanteur et acteur. Il a écrit des pièces de théâtre, des poèmes, des nouvelles, contes, récits et chroniques. Il a publié dans des revues : *Décharge*, *Nouvelles nouvelles*…

Philippe Milbergue a lui-même écrit pour ses *Nouvelles anamnèses* une très éclairante préface, dont il reprend quelques phrases pour la quatrième de couverture : « Le mot *anamnèse* m'a toujours fasciné. Étymologiquement, il signifie « rappeler à la mémoire » ou « rappeler le souvenir », ce qui élargit le sens des possibles. L'action induite par l'anamnèse, par le « rappel à la mémoire » a un objectif, celui d'expliquer le présent ou d'éclaircir le futur.»

Onze nouvelles. Presque toujours des gens ordinaires, des « comme-vous-et-moi », auxquels il n'arrive rien, ou des drames ordinaires, même s'ils sont atroces, des drames qui ne font même pas ou qui font à peine un article dans la rubrique des faits divers. Mais l'auteur prépare ces drames avec un luxe de détails, avec une attention soutenue aux gestes, aux attitudes, aux frémissements, aux soubresauts, aux états d'âme, aux états de conscience, à leurs retentissements sur les corps, et aussi aux lieux qui sont parfois longuement, minutieusement décrits.

Le style est à la hauteur de cette espèce d'acharnement quasi hypnotique de l'auteur à scruter ses personnages avec une loupe, voire un microscope : syncopé, haché, haletant, « parlé ». L'auteur écrit d'ailleurs, dans sa préface, à propos de son écriture de « monologues, dialogues et autres formes théâtrales » : « L'oralité m'importait beaucoup, beaucoup plus que l'écrit. » Et un peu plus loin : « J'arrivai à l'écriture narrative par cette oralité (...) ».

Les nombreux points brisent l'élan, mais ils font repartir, rebondir. Les répétitions tournent à l'obsession, à l'envoûtement.

Prenons « Passage protégé » : Dans une maison de banlieue (« Une maison. Blanche. Neuve. Presque neuve. Une petite maison, une petite maison toute carrée »), « la mère fait le café ». Elle le fait « à l'ancienne ». Elle fait le café pour des gens qui n'osent pas le boire. Des gens que la mère ne regarde pas, la mère qui ne se retourne jamais. Un drame a frappé cette famille. Et dans la maison il y a aussi le père. Le père qui tremble, qui rumine, qui est en colère contre Dieu : « Dieu n'existe pas. Ou Dieu ne les aime pas. Ou Dieu est méchant. Ou... ».

Ailleurs, dans d'autres textes, les personnages imaginent, inventent, se racontent une vie, se fabriquent une vie qui n'est pas la leur, créent une fiction qui finit par les engloutir, les fracasser.

« Contumace » aboutit ainsi à un dénouement fulgurant et atroce. Mais ailleurs encore la métamorphose peut être moins brutale, voire presque heureuse. Et parfois les personnages « s'évanouissent » comme sur la pointe des pieds.

Philippe Milbergue nous conduit, d'une écriture radicale, vers des horizons insoupçonnés.

Jean-Loup Martin

MINOUCHE
Patrick Da Silva
Illustrations Frédéric Limagne
Les éditions du Chemin de fer
60 pages, 14 €

« J'ai tendu la main, ça a pas fait un pli, j'ai choppé, j'ai croqué et voilà… ».

À cause de cette foutue pomme, exit le Paradis !

Le daron Adam en est tout retourné !

Ils étaient pourtant si bien, tous les deux, dans leur jardin d'Éden avant l'apparition de ce maudit reptile. Mais le Maestro en a décidé autrement et depuis on ne l'entend plus…

Pour cette délectable promenade au sein de la genèse, Patrick Da Silva a délibérément opté pour l'humour et le second degré.

Pas facile d'être la mère de l'Humanité !

Ni celle de Caïn, meurtrier de son cadet Abel ! Surtout, explique Ève (rebaptisée Minouche) à Caïn « Lorsque le Maestro m'a faite toute gaulée et avec le caquet bien délié ».

Ève, une femme gouailleuse qui se confie à son fils aîné. Être chassée du Paradis, elle peut le supporter. Elle s'y est même habituée à la longue... Mais voir son fils cadet mourir sous les coups de son frère...

Ça non !

Alors puisqu'on y est, elle va tout lui expliquer : ce fichu reptile, les plantes, les bêtes, la femelle dévergondée (comme disait Adam) et vous deux. « Car avec vous, ça a collé jusqu'au jour maudit ». Jusqu'à cette tragédie, voulue par le Maestro !

Depuis, le péché nous poursuit, mais lequel au juste ? « Le vrai, le premier, celui des origines, le tout premier mon gars, l'innocence », conclut Minouche. Pour tout dire, le péché de nudité qui embrase le désir.

Un livre d'une soixantaine de pages, véritable petit bijou, dont je vous conseille la lecture à haute voix pour en savourer la verve... Tout en vous attardant au passage sur la beauté des illustrations, signées Frédéric Limagne.

Les éditions du Chemin de Fer, depuis leur création en 2005, cultivent l'exigence et la qualité de leurs ouvrages...

Corine Chapelain-Rotter

Un petit pas de côté... pour un peu de poésie : le n° 191 de *Décharge* nous est arrivé avec une belle note sur Brèves 118. Plaisir. Et aussi celui de retrouver tant de signatures connues, près desquelles nous parcourons depuis bien longtemps un chemin discret mais têtu. Après *Le Désespoir précisément* et *Le Crayon noir*, sous l'impulsion de Jacques Morin, *Décharge* ne déroge pas à sa triple fonction. Revue littéraire, elle accueille un choix de textes qui permet de suivre la trajectoire d'écrivains fidèles, (dans ce numéro, François de Cornière, Michel Lamart, François Caussèque, entre autres) et de découvrir les nouveaux venus, nouveaux pour un lecteur épisodique de poésie, qui peut ainsi remettre à jour son anthologie personnelle. Revue critique, elle offre aux meilleurs « passeurs », poètes eux-mêmes, de généreuses pages de partage de leurs découvertes, de retours pour les poètes analysés. Revue d'actualité, elle diffuse une information dense et précise, qui témoigne de la vigueur, de l'inventivité – en quelque sorte de la très bonne santé – de la poésie contemporaine.

Décharge - revue.decharge@orange.fr

164 pages, 8 €, Abonnement 28 €- trimestrielle

VOYAGE À ARRAS
Jean Anthelme Brillat-Savarin

Ce petit volume de la collection « La petite guêpine », des éditions La Guêpine, nous donne à lire un court récit érotique de Brillat-Savarin (1755-1826), plus connu pour sa *Physiologie du goût*. La préface de Jean-Pierre Talloire nous renseigne sur les liens entre ce récit et l'œuvre maîtresse de l'auteur qui met au rang des sens, qu'on limite habituellement au nombre de cinq, un sixième « le génésique ou amour physique qui entraîne les sexes l'un vers l'autre » assurant ainsi la conservation de l'espèce comme le goût assure par la nourriture la conservation de l'individu.

Cependant, dans un rapide « plaidoyer » ou préface, Brillat-Savarin met discrètement en opposition la place excessive faite à la guerre et à la violence en littérature et le silence sur « des choses les plus aimables » silence qu'il se prépare à rompre avec vivacité dans le récit et chasteté dans les mots. C'est là l'exercice d'un libertin du XVIIIe même si ce texte écrit « à la fin de sa vie » l'a donc été au XIXe.

Cette nouvelle s'intitule « Le relais de Saint-Quentin », halte plausible lorsqu'on se rend à Arras. L'intrigue en est simple, un monsieur d'expérience fait naître le désir chez une ingénue et se fait un devoir de satisfaire ce désir. S'il n'est pas de violence il n'est nullement question ici de consentement explicite… mais la phrase de regret « Oh mon Dieu ! Et nous allons nous quitter pour toujours » laisse assez entendre la satisfaction de Lucie.

L'humour est omniprésent comme le montre ce trait d'esprit : « l'heure du plaisir sonna distinctement et un double orage éclata sur Saint-Quentin ». Qui connaît cette cité picarde sait qu'elle s'enorgueillit d'un carillon qui « répète » les heures et les demies !

Ce petit bijou érotique peut sans nul doute rivaliser avec ceux, « indiscrets », de ce cher Diderot.

Marlène Deschamps

La Guêpine, 10 mail de la Poterie, 37600 Loches, 02 47 59 51 57

LE TOUR DU LAC
Christian Degoutte
Éditions Rhubarbe, 60 pages, 8,00 €

Trois histoires pour faire le tour du lac et une citation de l'auteur pour en résumer les méandres : « On est fait de ce qu'on nous a fait ». Ici, Christian Degoutte attaque les fondamentaux. À savoir : la vieillesse, la maladie et la mort.

Désarroi, rage, impuissance et culpabilité habitent tour à tour les trois personnages de ce récit où se croisent et s'entrecroisent leurs destins. Comment savoir qui meurt quand quelqu'un meurt ? Un vieux corps ? La jeunesse d'une époque ? Un témoin de son temps ? Dans la nouvelle éponyme, l'homme à la chemise rouge croise le narrateur dans un cimetière. Face au silence définitif de la mort, les mots deviennent vibrations. Ils incitent à remonter le temps. L'homme à la chemise rouge se souvient de ce père protecteur qui, peu à peu, avait disparu dans la masse grise et terne de la vieillesse. Il interroge : qui les touche encore (les vieux) ? « Avouez, leurs mains c'est comme prendre un lézard, ça coule froid entre nos doigts ».

Magnifique réflexion, à deux voix d'où surgit aussi l'impuissance de l'amour face à la maladie. « La maladie n'est pas la personne », explique la psychiatre au narrateur, dans « Sous les marronniers ». Mais comment composer avec la disparition ? « Dans quel rien nous retrouver mon pauvre amour », se demande encore le narrateur pendant que leur petite fille joue, en bas, dans la cour de l'hôpital.

Lili, l'être cher… qui suit à vélo le chemin de halage, dans « Le portillon de fer ». Juste attentive à la joie d'aller… d'aller ensemble, jusqu'au portillon de fer… ou derrière… Lili qui dit ne pas avoir de souvenirs d'enfance. À ses yeux, ce n'est pas normal. « Mais qu'est-ce que c'est que d'avoir été enfant », conclut le narrateur. D'ailleurs, tout cela est-il bien vrai ?

Dans ces trois récits que je vous conseille de lire dans la foulée pour la puissance de l'écriture, on se croise, on se souvient, on se tait, on s'aime… Et on demeure vivant jusqu'au bout car mourir est toujours un naufrage !

Corine Chapelain-Rotter

ZÈBRES,

Anne-Laure Bonvalot
éditions Passage(s)
119 pages, 12 euros

Voilà dans *Zèbres,* une sortie scolaire au jardin zoologique de l'école *Les Oisillons*, narrée par l'une des élèves. Il y sera question selon les termes de l'instituteur « d'orchestrer », le samedi suivant, « la rencontre, improbable et unique, de nos respectables dirigeants avec la stature cotonneuse du grand singe des plaines occidentales » ; sont évoqués, aléatoirement, l'exotisme des pays du Sud mais surtout « les rayures de la robe du zèbre qui sont un pied-de-nez lancé éternellement à toutes les cages et toutes les prisons » et les enfants envisagent, pour l'occasion, un carnaval des animaux avec lesquels ils troqueraient les places, idée que l'instituteur rejette aussitôt, or dans l'entrefaite, suite à la rencontre d'un certain Crépin, le porc-épic de chez Gosier, la narratrice plonge dans une réflexion sur les noms génériques donnés aux animaux dont le caractère réducteur occulte les particularités propres à chacun et en vient de là, à s'interroger sur l'irréductibilité de l'existant puis sur l'individualité « dont la découverte un jour n'est que bonheur et plénitude ». On voit donc des phrases fleuves s'émailler ingénument de termes savants qui en relèvent la saveur et le piment. L'histoire se termine ainsi qu'au grand jour, après avoir entonné l'hymne national, les écoliers se masquent tous d'un loup zébré à élastique.

Ces nouvelle sont toutes aussi piquantes, ce sont autant de contes philosophiques où, par son

Anne-Laure Bonvalot

truchement, la narratrice, gamine, jeune adulte par la suite, relaie les voix d'un psychologue, d'une guérisseuse, d'un marchand ambulant, Alpha, du jardinier de l'école, Moussa qui tutoie de trop près l'alcool de palme, de Suzie, la tenancière d'une guinguette, la Resucée, ou encore celle de Sainte-Rose, le géographe, sans aucun doute l'alter-ego de l'auteure, des voix qui la guident dans un parcours initiatique avec, pour finir, le panégyrique de l'usage rituel de l'iboga.

Anne-Laure Bonvalot, regrettablement prématurément décédée, en début d'année, était une disciple de l'anthropologue Philippe Descola. Comme lui, elle nous laisse soupçonner la possibilité d'explorer d'autres univers.

Michel Ots

Dans le même registre, j'invite à se pencher sur L'HOMME-CHEVREUIL.

L'HOMME-CHEVREUIL
Geoffroy Delorme
Les Arènes, 2021
252 pages, 19,90 euros

Certains tiennent des discours frappés de bon sens paysan à propos de vaches. D'autres se prévalent d'un titre de diplomate pour élargir leur expérience de pisteurs au champs philosophique. Quantité d'éthologues étudient l'intelligence animale. Personne toutefois n'avait parlé jusqu'à maintenant au nom des hôtes de la forêt, chevreuils en l'occurrence, après en avoir vraiment partagé l'existence. Geoffroy Delorme, sept ans d'immersion été comme hiver, jour et nuit, dans leur milieu, témoigne : c'est l'histoire (authentique) d'un gamin dont les parents habitent en bordure de forêt, et qui fugue chaque nuit pour s'y rendre. Son comportement inhabituel éveille la curiosité d'un chevreuil. Ils nouent une relation d'amitié, voire de complicité, sésame à son assimilation parmi nos semblables non-humains. Il en rapporte d'étonnantes photos, des portraits d'animaux qui regardent l'objectif en toute confiance. Et relate des moments partagés de pur bonheur. Mais il livre aussi un rapport de première main sur l'incessante guerre menée à leur encontre, chasse et coupes à blanc. Sans prétendre envisager un similaire degré d'intimité avec la faune sauvage, ne sommes-nous pas tous concernés ? à moins de consentir à la pérennisation d'hostilités générales ? L'homme-chevreuil est un convaincant plaidoyer en faveur de la cause animale.

Michel Ots

BRÈVES

revue semestrielle

Directeur de publication : Daniel Delort
Rédaction : Martine Delort
Maquette générale : Jacques Gaïotti
Impression : Pulsio - Sofia Bulgarie
Couverture, photo et maquette : Laurence Delort
Ont collaboré à ce numéro :
Marlène Deschamps, Eric Dussert, Jean-Loup Martin, Corine Chapelain-Rotter, Dominique Brua, Michel Ots, Françoise Lipmann, Isabelle Gély, Simon Passager, Association Trombone.
Dépôt légal à parution - Achevé d'imprimer le 8 juin 2022
ISSN 02484625
ISBN : 978-2-916806-43-3

BRÈVES / Pour La Nouvelle
1, rue du Village, 11300 Villelongue d'Aude.

Tél. 04 68 69 50 30 - 06 28 07 51 81
e-mail : breves@atelierdugue.com
http://www.pollen-difpop.com/article-8529-breves.aspx
Site : http://www.atelierdugue.com

Abonnements : voir page précédente

Vente au numéro :
- chez votre libraire ou par correspondance, à notre adresse
- **Internet** : www.difpop.com
- **Numérique :** http://www.scopalto.com/revue/breves

Vente aux libraires :
- Diffusion et comptoir de vente : DIF'POP/POLLEN
60, rue Etienne Dolet - 92240 Malakoff - 01 43 62 08 07
Fax. 01 43 62 07 42 - commande@pollen-diffusion.com
infos@difpop.com - Site : http://difpop.com

La Région Occitanie Pyrénées - Méditerranée

Brèves reçoit le soutien du Centre national du livre et de la Région Occitanie.

CNL CENTRE NATIONAL DU LIVRE